EL LLANTO DE LA ISLA DE PASCUA

JOSÉ VICENTE ALFARO

Primera edición: Febrero 2014

Para mi madre. Siempre.

INTRODUCCIÓN

La Isla de Pascua es una formación volcánica de apenas doce kilómetros de ancho por veinticuatro de largo, poco más que una mota de polvo enclavada en mitad del océano Pacífico. Su particular situación geográfica la convierte, además, en el lugar más alejado de cualquier otro rincón poblado del planeta: al Este dista 3.600 kilómetros de las costas chilenas y al Oeste, 2.600 kilómetros de las islas Mangareva de la Polinesia Francesa. Desde la Isla de Pascua, el lugar más solitario del mundo, tan solo se alcanza a divisar un horizonte de aguas infinitas, salvo de noche, cuando la luna suspendida del firmamento constituye el único pedazo de tierra que los nativos han tenido a la vista a lo largo de toda su historia.

El poblamiento de la isla —de origen todavía incierto— se produjo hace aproximadamente unos mil seiscientos años, según estima la ciencia. Y pese a las evidentes limitaciones de espacio y a la absoluta carencia de influencias externas, desafiando todo atisbo de lógica o razón, se desarrolló una portentosa civilización capaz de esculpir, transportar y erguir cientos de colosales estatuas de piedra, así como de crear un sistema de escritura propio, único en toda Oceanía.

El primer contacto con el mundo occidental no se produjo hasta el siglo XVIII, y sus efectos fueron tan devastadores, que apenas bastaron cien años para colocar a la población indígena al borde de su extinción. Como consecuencia de ello y de otros colapsos sufridos en el pasado, la memoria del pueblo rapanui acabó perdiéndose para siempre, sin que sus supervivientes, al ser preguntados por los etnólogos y antropólogos del siglo XX, supieran ya ni cómo ni por qué sus antepasados lograron realizar semejantes prodigios.

La tradición oral rapanui se encuentra sesgada y repleta de interrogantes. El tiempo y las catástrofes sepultaron la historia de sus ancestros, la cual procuraron reconstruir sus modernos habitantes a base de mitos y leyendas. La Isla de Pascua conserva aún intacto su halo de misterio y su pasado más remoto persiste entre tinieblas, constituyendo hasta la fecha uno de los principales enigmas de la arqueología.

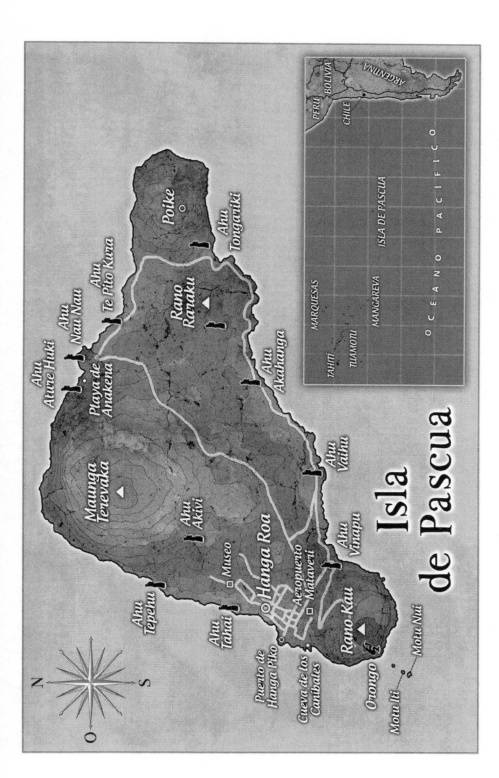

Isla de Pascua

Año 1195 a. C.

Isla de Pascua

Los primeros pobladores de Pascua arribaron a la isla tras un largo periplo de ciento diecisiete días. El suyo no era un pueblo de grandes navegantes, pero no les había quedado otra opción. Habían partido de costas peruanas en enormes balsas de troncos provistas de una vela cuadrada, una orza de deriva y una espadilla de popa. Se habían echado a la mar con la esperanza de hallar tierra en algún punto de la incierta travesía. Y cuando por fin divisaron la isla, velada por una tiniebla blancuzca y rodeada de elevados farallones, les pareció que estaban soñando o que la dureza del viaje les había conducido hacia su delirio final.

Eran apenas un centenar. Los últimos de los suyos que quedaban sobre la faz de la Tierra.

Ellos habían existido desde los albores de la humanidad, hace miles de años, repartidos por todos los rincones del planeta, desde el continente americano hasta Asia central. Sin embargo, como consecuencia de la gran inundación acaecida en la Antigüedad, sumada a la propia acción del hombre, habían acabado reducidos a un número muy escaso, obligados a huir para procurar su supervivencia.

La historia de su pueblo había sido trágica desde sus comienzos, pues los hombres habían sentido siempre un miedo irracional hacia los de su raza y los habían combatido con fiereza, ansiosos por lograr su erradicación. Era tal el pavor que sentían hacia ellos sus enemigos, que darles muerte no resultaba suficiente. Después quemaban sus cuerpos y hacían trizas sus huesos, en una suerte de conjuro para que los de su especie no volviesen a resurgir.

Pese a que ellos eran más fuertes, en las batallas siempre llevaban las de perder. Los hombres eran más numerosos, además de que luchaban movidos por un visceral odio hacia lo diferente, del que se valían para infundirse un coraje mayor. Si a las masacres derivadas de las guerras le sumabas las provocadas por las enfermedades, ante las cuales los de su raza parecían sucumbir con especial facilidad, indudablemente el destino de los suyos no podía ser otro que la extinción.

Atracaron en la bahía y descendieron de las balsas con la intención de explorar la isla. Pronto certificaron que se hallaba desierta. La isla tenía forma de triángulo y en cada uno de sus vértices se alzaba el cráter de un volcán inactivo. La fauna era prácticamente nula, pero la vegetación abundante, con grandes extensiones de palmeras y espesuras de toromiro e hibisco. Se adaptarían a los recursos del entorno. Obtendrían los alimentos mediante la pesca y la agricultura, y verían satisfecha su sed, además de por las lluvias, gracias a los manantiales de agua subterránea que discurrían por las interioridades de la isla, plagada de cavernas que horadaban tanto la meseta como los acantilados.

El líder del clan confirmó aquel lugar apartado del mundo como el nuevo hogar de su pueblo. Sabía que los hombres, antes o después, acabarían por llegar incluso a aquella remota isla enclavada en mitad del vasto océano, pero estimó que aún transcurrirían varios siglos hasta entonces, tiempo durante el cual esperaba que los últimos de los suyos pudiesen vivir en paz.

Su pueblo gozaba de una larga tradición en arquitectura monumental, a la que aplicaban las más sofisticadas técnicas, habiendo llegado a edificar en tierra continental inconmensurables fortalezas de las que protegerse del invasor. Enseguida los ingenieros y escultores localizaron una cantera de piedra en la falda de un volcán, cuya materia prima podía resultar idónea para sus construcciones. En la isla no tenía sentido alguno levantar una fortificación defensiva, pero de un modo u otro, el laborioso pueblo deseaba dar rienda suelta a su creatividad y continuar la tradición de sus ancestros, por lo que todos aguardaron ansiosos la decisión de su dirigente.

El líder alzó su poderosa voz para hacerse oír por encima del impetuoso clamor de las olas contra los arrecifes.

—Construiremos colosales esculturas que reproduzcan con fidelidad los rasgos de nuestros rostros, tan denostados por los hombres. Y llenaremos la isla de estatuas erguidas en nuestro honor —sentenció.

Los últimos de los suyos sabían que habían recalado en la isla para morir, aunque fuese dentro de mucho tiempo. En todo caso, y hasta que llegase aquel momento, nadie les impediría cimentar un legado que dejar para la posteridad.

CAPÍTULO PRIMERO

VIERNES

Moai: estatua de piedra monolítica de enormes dimensiones y con forma de busto humano, característica de la cultura rapanui. El término «rapanui» designa indistintamente al pueblo aborigen, a la etnia de sus habitantes y al idioma. Los *moai* no se encuentran en ningún otro lugar del mundo, salvo en la Isla de Pascua.

La última claridad del día se extendió por la meseta, la roca basáltica del litoral y la inmensidad del océano Pacífico. Aquel delgado manto de acuarela revistió la hierba de un tono dorado y las sosegadas aguas, de un refulgente color azul turquesa. El sol se replegó tras la ladera del volcán Rano Kau, cuya silueta se recortaba pulcramente en el horizonte, dispuesto a dejar una vez más que la noche engullese a la minúscula, a la par que sublime y misteriosa, Isla de Pascua.

Era viernes tarde y ya no quedaba ni un alma en la excavación. Tras una semana de extenuante trabajo bajo un sol de justicia, los operarios se habían ganado su nada desdeñoso sueldo y un merecido descanso que se prolongaría durante todo el fin de semana. Yo, en cambio, aún me distraía catalogando algunas piezas, dichoso de hallarme en aquella isla, aunque algo inquieto también a causa de una noticia que había recibido aquella misma mañana de labios de una persona en la que no había pensado en muchísimo tiempo y a la que no esperaba volver a ver.

Traté de apartar los pensamientos que me rondaban la cabeza y me centré en la tarea que estaba llevando a cabo, clasificando los vestigios que le habíamos arrancado a las entrañas de la tierra esa jornada. Esbocé una sonrisa y recordé mi primera vez en la isla, once años atrás. Por aquel entonces no era más que un arqueólogo novato que trataba de suplir su falta de experiencia a base de trabajo, voluntad y toneladas de esfuerzo. Ahora, a mis cuarenta y un años, regresaba formando parte del equipo directivo de una ambiciosa expedición tras ser nombrado recientemente subdirector del Centro de Estudios Rapa Nui. Era el primer español que lo conseguía, y todavía me sonaba extraño que mis colegas chilenos de la Universidad de Valparaíso antepusieran a mi nombre, Germán Luzón de Estrada, el ilustre tratamiento de «don».

Decidí que ya no podía demorar por más tiempo el encuentro que me aguardaba en el pueblo y salí de la caseta prefabricada que hacía las veces de cuartel general. Una suave brisa me rozó la cara y el olor a hierba recalentada asaltó mi fino olfato. Los aledaños al *ahu* Vinapú constituían el lugar elegido para efectuar la primera tanda de oportunas prospecciones. Los *ahus* eran las plataformas ceremoniales fabricadas en piedra sobre las cuales los antiguos habitantes de la isla solían erigir a los *moai*. El equipo había resuelto cavar cuatro zanjas perfectas en torno al *ahu* Vinapú —cargado de especial significación—, cuya exploración podría reportarnos indicios acerca de los primeros asentamientos humanos de la isla.

Di unos cuantos pasos y, antes de abandonar el recinto arqueológico, admiré una vez más una de aquellas gigantescas estatuas de piedra convertidas ya en icono universal de la Isla de Pascua. La megalítica escultura ignoró mi presencia, al tiempo que provocaba en mí una sensación de profunda pequeñez. Los *moai* poseían cabezas rectangulares, narices largas y rectas, labios finos, mandíbulas poderosas y unas amplias orejas que llegaban hasta el cuello. Desde el primer día que los contemplé brotó en mí una pregunta que me había perseguido de manera obsesiva y para la que aún se carecía de una respuesta cierta: ¿quiénes fueron en realidad los modelos que sirvieron de inspiración a los primitivos autores de las figuras, cuyos rasgos y facciones no se encuentran entre los miembros de ninguna tribu polinesia?

A decir verdad, la historia de la Isla de Pascua continuaba siendo todo un enigma repleto de episodios extraordinarios, y había despertado desde siempre la fascinación de los expertos que se habían asomado al abismo de su pasado: el incierto origen de sus primeros pobladores, la leyenda de Hotu Matua —el primer *ariki* de la isla—, la fabricación y el traslado de los descomunales *moai*, la fratricida guerra entre los «orejas largas» y los «orejas cortas», el culto al hombre pájaro, su aún no descifrada escritura jeroglífica, el contacto con los primeros exploradores europeos, y la evangelización llevada a cabo por los misioneros católicos, poco antes de su definitiva anexión a Chile, tras la cesión de su soberanía a finales del siglo XIX.

Todos los misterios, en realidad, podían resumirse en uno solo: ¿cómo había sido posible que en una isla tan pequeña y aislada por completo del mundo exterior, se hubiese podido desarrollar una civilización tan prodigiosa, capaz de concebir expresiones monumentales similares a las creadas por las sociedades de la América precolombina?

Pese a mis reticencias, me puse por fin en marcha antes de que el ocaso me cogiese desprevenido y el aliento de la noche me cubriese de repente. Opté por regresar dando un largo paseo, pues apenas me separaba kilómetro y medio de Hanga Roa, capital y único núcleo urbano de la isla. En mi fuero interno aún me resistía al encuentro con aquella persona salida de mi pasado. No obstante, ya me había comprometido, y de ninguna manera daría marcha atrás. Me preciaba de ser un hombre de palabra.

Avancé siguiendo el litoral. El camino era árido y pedregoso, desprovisto de vegetación hasta donde alcanza la vista, salvo por algunos campos de cultivo que se extendían en torno a un puñado de viviendas unifamiliares de reciente construcción.

Resoplé profundamente varias veces seguidas y me preparé para lo que estaba por venir.

La excavación arqueológica se había iniciado quince días atrás, y aunque todavía no habíamos realizado ningún hallazgo de genuino interés, no estábamos preocupados porque apenas habíamos comenzado a rasgar la tierra, y sabíamos que los verdaderos descubrimientos no los haríamos hasta haber alcanzado mayores cotas de profundidad. Los plazos tampoco representaban un problema. Nos ceñíamos a la planificación inicial y al parsimonioso ritmo de la propia isla, y todavía nos aguardaban por delante varios meses de arduo trabajo, tras los cuales esperábamos cumplir con los objetivos que nos habíamos marcado.

La excavación estaba financiada con fondos europeos, la mayoría de ellos procedentes del museo Kon-Tiki —situado en Oslo— que se había erigido en el principal valedor de la empresa. Al frente del equipo internacional se encontraba Erick Solsvik, director de dicho museo, antropólogo y un reconocido experto a nivel mundial de la cultura pascuense. Erick respondía al típico patrón noruego: alto y fornido como un vikingo en lo físico, pero poseedor de un elevado nivel intelectual y extremadamente refinado en sus maneras. Aquella suponía su tercera visita a la isla, motivada por asuntos de naturaleza exclusivamente profesional.

Yo era el segundo de a bordo y participaba en calidad de jefe del equipo de investigaciones arqueológicas. Erick había contado conmigo para su proyecto debido a la amistad que nos unía, surgida tras múltiples encuentros por medio mundo en el seno de foros y congresos organizados en torno a la cultura rapanui.

Hans Ottomeyer, geólogo y vulcanólogo alemán, ejercía la función de responsable científico de la expedición, y encarnaba la tercera pata que sustentaba el proyecto. De condición afable, aunque de trato tímido y apocado, su meticuloso trabajo y su excelente preparación habían bastado para que Erick le seleccionase a él antes que a otros candidatos con mayor experiencia.

También contábamos con la debutante Sonia Rapu, una joven arqueóloga rapanui que nos superaba a todos en entusiasmo y ganas de trabajar, y cuya condición de local favorecía las relaciones con la cuadrilla de operarios, todos ellos naturales de la isla.

El equipo lo cerraba el viejo Reinaldo Tepano, un rapanui que ejercía como capataz de los obreros, y que pese a carecer de estudios de cualquier clase ya había participado en más excavaciones de las que podía recordar, habiendo dado siempre muestras de una profesionalidad incuestionable.

A pesar de la marcada heterogeneidad del grupo y la escasa experiencia de algunos de sus miembros, la integración era absoluta y el clima de trabajo excepcional, todo ello debido a la sobresaliente capacidad de liderazgo de Erick.

El trayecto se me hizo más corto de lo esperado y enseguida me vi deambulando entre la maraña de calles del distrito donde radicaba la casa hacia la que me dirigía, con pasos cada vez más inseguros. Aquella misma mañana había recibido la inesperada visita de una mujer rapanui llamada Hanarahi, con la que había mantenido un fugaz romance la primera vez que estuve en la isla.

Había transcurrido tanto tiempo desde entonces, que hoy en día me parecía que aquella historia hubiese tenido lugar en otra vida, que ya ni siquiera reconocía como propia. Y en cierto modo así era, pues en aquella época yo era todavía un soltero empedernido, independiente hasta la médula, sin la menor intención de formar una familia y asumir las cargas que implicaba semejante compromiso. Ahora, sin embargo, mi realidad era bien distinta: contaba con esposa y dos niños a quienes echaba terriblemente de menos. Los derroteros de mi carrera profesional me habían conducido hasta Chile, en una oportunidad sin igual, lugar donde habría de permanecer durante algún tiempo mientras mi familia aguardaba estoicamente en España a que se produjera mi regreso.

A primera hora de la mañana Hanarahi se había plantado ante la puerta del residencial donde me hospedaba. La reconocí de inmediato. No había cambiado un ápice desde que la conocí, hacía ya más de una década, y aún conservaba el exótico atractivo que la hacía acreedora del título oficioso de prototípica belleza de los mares del Sur.

En aquel entonces, Hanarahi era una joven muchacha que formaba parte de un grupo folclórico rapanui que actuaba en hoteles, restaurantes y otros locales de ocio. Fue durante uno de aquellos espectáculos, al que habíamos acudido todos los integrantes de la expedición a modo de despedida —restaba menos de una semana para la finalización de los trabajos—, donde se entrecruzaron nuestros caminos. Hanarahi movía caderas y brazos al son de los ritmos tahitianos y la música de percusión, haciendo gala de una sensualidad innata mucho más acentuada que la del resto de sus compañeras. Enseguida no tuve ojos más que para ella, al igual que les ocurrió a mis colegas de expedición y a los demás hombres que abarrotaban el local. La suerte, no obstante, se alió de mi lado poco antes de que terminase la velada, pues las bailarinas tenían por costumbre sacar a la pista a unos cuantos espectadores para hacerles partícipes de la función.

Por el motivo que fuese, Hanarahi me eligió a mí, momento a partir del cual no dejé escapar la ocasión y puse en marcha todas mis dotes de seducción, que por aquel entonces no eran pocas ni nada desdeñables. Las posteriores copas con que nos obsequiamos y el propio embrujo de la noche se ocuparon del resto. Todo lo que recuerdo fue que a la mañana siguiente amanecimos en la popularmente conocida como «Cueva de los Enamorados», situada en la playa de Anakena, donde a la entrada las parejas suelen colgar una prenda íntima de un palo, como señal de advertencia ante la llegada de visitantes inoportunos.

Mantuvimos otros dos apasionados encuentros hasta que, cuatro días después, abandoné la isla y nunca más volví a saber de ella.

El insospechado reencuentro con Hanarahi no me disgustó; si acaso me provocó cierto sonrojo tan pronto desfilaron por mi mente una cascada de tórridos recuerdos que mi memoria solía evocar muy de cuando en cuando. El contenido de la información que había venido a revelarme, sin embargo, me sacudió con la intensidad de un puñetazo, y bastó para poner en un instante mi mundo del revés. Sin más preámbulo que un protocolario saludo, Hanarahi me hizo, con voz serena y mirada brillante, una dramática confesión. De nuestra breve relación se había derivado una importante consecuencia. Yo era, ni más ni menos, que el padre de una niña que por aquel entonces contaba con diez años de edad.

—Se llama Maeva —anunció, sin percatarse aún de que el impacto de la noticia me había dejado momentáneamente sordo y después mudo de solemnidad.

Mi rostro debió de reflejar tal grado de turbación, subrayado por mi desconcertante silencio, que Hanarahi se apresuró a calmarme antes de que hubiese tenido tiempo de ponerme a la defensiva o exteriorizar cualquier tipo de insólita reacción. Por una parte, insistió en que no me hacía el menor reproche: resultaba obvio que yo no había tenido conocimiento de lo ocurrido, precisamente porque ella lo había querido así. Y por otra, me aseguró que si hasta ahora nunca me había reclamado nada, no estaba en su pensamiento pretender hacerlo ahora. El único motivo que la había llevado a revelarme su secreto era el derecho que amparaba a todo hijo de conocer a su padre. Y dado que yo me encontraba en la isla, me pedía que compartiese parte de mi tiempo con Maeva, para hacer realidad el sueño de una niña que había crecido añorando el afecto de un padre ausente.

Por supuesto, acabé accediendo a su ruego, tan razonable como legítimo, aunque me entrasen ciertas dudas en aquellos momentos en que me disponía a cumplir mi promesa, pues no se me escapaba que desde el instante en que conociese a Maeva, el compromiso que adquiriría con ella no se limitaría a mi estancia en la isla, sino que seguramente se prolongaría durante el resto de mi vida.

Por fin me detuve frente al domicilio donde, según sus propias indicaciones, Hanarahi debía residir. Era una casa de madera de una sola planta, delimitada por una verja de entrada que comunicaba con un frondoso jardín acicalado por un batallón de flores exóticas. Allí plantado, temeroso de dar un solo paso, comencé a mirar hacia todos lados, tenso como un alambre, en busca de un timbre o cualquier otra cosa que hiciese las veces de llamador.

Como no había ninguno, me decidí a descorrer el cerrojo de la verja, dispuesto a cruzar el jardín y alcanzar la puerta situada bajo el porche de la entrada. No avancé ni medio metro cuando una esbelta figura apareció en el zaguán, atrapada en un tejido de sombras que ocultaban su semblante. Hanarahi prendió una luz, bajo cuyos primeros parpadeos creí entrever una mirada severa, que enseguida se desvaneció para dar paso a su habitual expresión risueña y cargada de simpatía.

—Gracias por venir, Germán —dijo—. Llegué a pensar que no lo harías.

Del sol ya no quedaba ni rastro, y las primeras estrellas ya habían comenzado a poblar el firmamento. Ciertamente, me había retrasado bastante más de lo previsto.

—Lo siento —murmuré—. Pero aquí me tienes. Más vale tarde que nunca. Comprende que esto no resulta nada fácil para mí.

Hanarahi no me lo tuvo en cuenta, especialmente tras notar lo tenso que me sentía.

—Déjate llevar, Germán. Y en lugar de angustiarte, intenta si puedes disfrutar del momento.

Agradecí sus tranquilizadoras palabras, pese a que desgraciadamente no contribuyeron a relajarme.

Hanarahi me hizo una señal para que aguardase y desapareció en el interior de la vivienda. Yo permanecí clavado en mitad del jardín, casi sin diferenciarme de las plantas que crecían a mi alrededor, y a medio camino de la verja que acababa de cruzar.

Segundos después Hanarahi reapareció en la puerta de entrada precedida de una niña a la que impulsaba comedidamente para que se acercase hacia mí. En cuanto me di cuenta de que Maeva se sentía tan nerviosa como yo, me apresuré a ofrecerle mi mejor sonrisa.

Maeva avanzó un par de pasos, mientras me escrutaba de arriba abajo con el corazón acelerado y la mirada encendida de ilusión. Su corta melena, tan negra como sus ojos, y su nariz ligeramente achatada, daban forma a un rostro ovalado en el que se concentraban los principales rasgos de la etnia rapanui. No obstante, resultaba evidente que mis genes también habían dejado su huella, pues la piel de la pequeña era un poco más clara que la media, y la curva de su boca guardaba una indudable semejanza con la de un servidor.

Si hubiera tenido que explicarlo no habría encontrado las palabras, pero lo cierto fue que con solo mirarla, sentí que un fuerte vínculo me unía con aquella niña cuya existencia había desconocido hasta aquella misma mañana. No me hicieron falta pruebas ni documentos: Maeva era mi hija y nada podía compararse con aquel poderoso sentimiento que nacía de lo más profundo de mi ser.

—*Ko koa riva riva a au o tu uai i nei. Iorana a Rapa Nui* — dijo.

Maeva me desarmó en un instante. Mis conocimientos del idioma pascuense no pasaban del «hola» y «adiós» o el «por favor» y «gracias». Probablemente, mi evidente expresión de pánico debió de provocar que se compadeciese de mí.

—Bienvenido a la Isla de Pascua. Me siento muy feliz de que estés aquí —repuso a continuación en perfecto castellano, lo cual no resultaba nada extraordinario, puesto que las nuevas generaciones de pascuenses hablaban español como una segunda lengua materna.

Sus palabras, sin embargo, no sonaron naturales, como si hubiese dedicado mucho tiempo a ensayar aquella entradilla.

—Tú debes de ser Maeva, ¿verdad? —constaté, sintiéndome de pronto como un idiota por la obviedad de mi observación.

Maeva asintió.

—Y tú, mi papá…

Sonaba raro, pero así era. Y pese al vínculo que ya me unía con aquella niña, todavía no podía evitar sentirme algo incómodo ante la situación. Noté que a Maeva le ocurría algo parecido. Probablemente habría soñado con aquel momento en infinidad de ocasiones, pero aunque yo fuese su padre, de momento no era más que un extraño al que acababa de conocer.

Finalmente me acerqué hasta ella para sellar nuestro encuentro, circunstancia que Maeva aprovechó para abalanzarse sobre mí y aprisionar su mejilla contra mi estómago. Sentí que me abrazaba con todas sus fuerzas. Después retrocedió un paso y alzó la cabeza para mirarme. Parecía radiante de felicidad. No supe qué decir. Un caudal de intensas emociones me había privado de la capacidad de raciocinio.

Tras aquella impulsiva muestra de efusividad, Maeva volvió a sentirse nuevamente cohibida y retrocedió hacia donde se encontraba su madre.

Hanarahi tomó de inmediato las riendas de la situación y me invitó a sentarme en torno a la mesa situada en el porche, acompañado por ellas. Para romper el hielo y servir de hilo conductor, Hanarahi adoptó el papel de moderadora y comenzó a realizarme una pregunta tras otra. Su objetivo no era otro que Maeva conociese cosas de mí y se familiarizase con mi presencia. Yo respondía complacido y poco a poco mi hija averiguó de mis propios labios de dónde era, a qué me dedicaba y qué estaba haciendo allí. También tuve ocasión de referirme a mi familia de España, sin necesidad de entrar demasiado en detalle.

Más tarde asumí el rol que por lógica me correspondía, y me dirigí a Maeva para interesarme por ella y preguntarle acerca de sus intereses y aficiones. Maeva se fue relajando y comportándose con más naturalidad cada vez. La estrategia de Hanarahi y el modo en que había enfocado el encuentro estaba dando sus frutos.

En cierto momento sentí vibrar el teléfono móvil en el bolsillo de mi pantalón, pero dadas las circunstancias, decidí hacer caso omiso de la llamada.

Poco después, Hanarahi aprovechó que Maeva y yo nos hallábamos inmersos en mitad de una conversación para entrar en la casa. Tras haber supervisado el inicio de nuestro encuentro, decidió dejarnos a solas, ignorando mi clamoroso gesto de súplica para que no se moviera de allí. De cualquier manera, mi mayor miedo, el haber podido ser objeto de reproche por parte de Maeva a causa de mi ausencia durante toda su vida, ya se había disipado por completo. Hanarahi me había eximido de toda culpa, y así se lo había debido de transmitir.

Cuando nos vimos solos, al principio los dos nos sentimos algo incómodos. Fue Maeva la primera en romper el silencio.

—De mayor quiero ser arqueóloga como tú —terció, dejando a la vista una flamante hilera de dientes blancos.

No supe interpretar si lo decía por halagarme o si lo pensaba de verdad.

—No pretendo ser un aguafiestas —repuse—, pero me temo que esta profesión es bastante más aburrida de lo que crees. ¿A qué imaginas que nos dedicamos?

Maeva alzó las cejas y contestó con absoluta convicción.

—A rescatar tesoros que han permanecido enterrados durante miles de años.

No era una mala respuesta.

—En parte tienes razón —concedí—, pero además de la labor de campo, nuestra actividad se alterna también con largos periodos de estudio y análisis de las piezas recuperadas. Realmente, los arqueólogos somos como detectives de la Antigüedad. Investigamos el pasado de las civilizaciones perdidas para tratar de reconstruir su historia y su cultura antes de que se disipen para siempre entre las brumas del tiempo. Y la Isla de Pascua en particular se halla aún hoy repleta de enigmas que continúan atrayendo tanto a las viejas como a las nuevas generaciones de especialistas.

La fascinación que nos embargaba a los científicos no era para menos. Ni su apartada situación geográfica ni su extrema orografía lograron impedir que, en un pasado remoto, un pueblo de navegantes se instalara en aquella roca volcánica y desarrollase una impresionante cultura megalítica única en toda Oceanía.

Maeva frunció el ceño, como si no acabase de entender por qué los arqueólogos perdíamos la cabeza con su isla, ni cuáles podían ser aquellos enigmas que tanto confundían a los expertos. ¿Cómo reprochárselo? Habiendo nacido allí y convivido a diario con las proezas concebidas por sus antepasados, para ella lo extraordinario no era más que pura rutina. Para ayudarla a comprender, esbocé a grandes rasgos los principales problemas a los que aún se enfrentaba la arqueología:

—La primera incógnita se refiere al origen de los primeros pobladores. Los expertos aún discuten si provinieron del Este o del Oeste, es decir, de tierras americanas o de las islas polinesias.

»Luego está el misterioso secreto que rodea a los *moai.* Se han formulado múltiples teorías para explicar la fabricación y traslado de las colosales esculturas, realizadas sin utilizar medios mecánicos ni herramientas de metal, por un pueblo anclado en la Edad de Piedra, sin que hasta el momento ninguna de ellas haya resultado plenamente satisfactoria.

»Y por último, nos encontramos con el enigma de las tablillas *kohau rongo-rongo* halladas en la isla. Un sistema de escritura jeroglífica único en los archipiélagos polinesios, que todavía hoy los científicos no han conseguido descifrar.

Los perspicaces ojos de Maeva no se separaban de los míos. Parecía que, lejos de aburrirla, había logrado despertar su interés.

—¿Acaso no te parecen suficientes acertijos como para seducir hasta al más apático de los arqueólogos?

Maeva asintió, y el brillo de su mirada delató que su visión de la isla había cambiado por completo.

—Sin embargo —concluí—, lo más probable sea que todas estas incógnitas queden para siempre sin respuesta pues, para reconstruir la historia de esta isla, los expertos tan solo podemos aferrarnos a la tradición oral —tremendamente empobrecida—, a las leyendas, y a la interpretación de los hallazgos efectuados hasta la fecha.

En aquel punto de la conversación, Hanarahi apareció en el umbral de la puerta. Su amplia sonrisa denotaba una enorme satisfacción.

—Germán, ya es la hora de la cena. ¿Te gustaría quedarte a cenar con nosotras?

Por la reacción de Maeva, deduje que ella no estaba al tanto de los planes de su madre, que cada vez se parecían más a una encerrona. Impulsivamente negué con la cabeza. No deseaba importunar y de entrada decliné la invitación.

En aquel instante mi móvil cobró vida de nuevo, vibrando con insistencia. Era un viernes por la noche y no tenía ni idea de quién me podría llamar. Solo utilizábamos el teléfono entre los miembros del equipo, básicamente por motivos de trabajo. Saqué el aparato y lo sostuve en mi mano derecha. La pantalla iluminada mostraba el nombre de Erick Solsvik, el director de la excavación. Debía atender la llamada. Me excusé y dirigí mis pasos hacia el jardín, para poder hablar con un poco de privacidad.

—¿Erick?

—¡Germán, qué alivio! Por fin te localizo. —Su voz sonaba agitada y cargada de excitación, lo cual contrastaba abiertamente con el habitual carácter flemático y sereno del antropólogo noruego—. ¿Me oyes bien? ¿Tienes buena recepción?

—Sí, sí, perfectamente. Disculpa que antes no te contestase, pero me pillaste en un mal momento.

—No importa, Germán. Ahora escúchame con atención. Sé que te va a sonar raro pero tienes que creerme. Acabo de realizar el descubrimiento antropológico más importante de los últimos cien años. Un hallazgo que contribuirá a resolver no solo los enigmas de la Isla de Pascua, sino también los de otras antiguas civilizaciones de la humanidad.

No pronuncié palabra, sin dejar de percibir al otro lado de la línea la palpitante respiración de Erick. Naturalmente, lo que decía carecía de toda lógica, o era una monumental exageración. Ya era de noche y yo había sido el último en abandonar la excavación, que debía de llevar horas desierta. Tenía que tratarse de una broma, no había otra explicación. Lo único que me chocaba era que esa conducta no encajaba en absoluto con el carácter del noruego.

—¿Germán? ¿Sigues ahí?

—Sí, Erick. Estaba tratando de digerir tus palabras.

—Tienes que venir de inmediato para que puedas comprobarlo con tus propios ojos.

Aquello olía cada vez más a un ardid del que esperaban que yo fuese la presa.

—Espera un minuto. ¿Lo sabe alguien más? ¿Has llamado a los otros miembros del equipo?

—Sí, de hecho ahora mismo me encuentro junto a…

La llamada se cortó de repente. La línea me devolvió un pitido intermitente y, para colmo, cuando traté de llamarle yo, su teléfono ya no dio señales de vida. O lo había apagado o se había quedado sin batería.

Desde el porche, Hanarahi y Maeva me observaban expectantes, envueltas en la burbuja de luz que proyectaba la única lámpara que colgaba de la techumbre. Al final opté por la cautela. Acepté la invitación de Hanarahi y aguardé una nueva llamada de Erick que me confirmase que aquella puesta en escena no se trataba de una broma pesada.

El resto de la noche lo dediqué a disfrutar de la improvisada velada junto a Maeva. Hanarahi asumió las riendas del convite y no me permitió moverme de la mesa para ayudarla en lo más mínimo. Para comer, sirvió un exquisito plato de pescado a la parrilla, que desprendía un delicioso aroma y poseía un mejor sabor. Y mientras daba cuenta del manjar, me empapé de la presencia de Maeva con intención de conocerla hasta en los detalles más pequeños.

Deseaba recuperar el tiempo perdido y devolverle en un solo día todo aquello que no le había podido dar durante todos los años en que no había sabido de su existencia. Advertí con sorpresa que algunos de sus gestos eran iguales a los míos. En particular, Maeva tenía por costumbre pestañear algunas veces con mucha fuerza y abrir los ojos a continuación con excesiva amplitud. Yo llevaba haciéndolo durante toda la vida.

La personalidad de Maeva reunía los atributos más característicos de la etnia rapanui, presentes también en Hanarahi. Los pascuenses, en general, eran sencillos, cordiales y muy comunicativos. Poseían fuertes convicciones y se sentían tremendamente orgullosos de las tradiciones de su pueblo. La Isla de Pascua —perteneciente a Chile y denominada Rapa Nui por los nativos— contaba con una población que ya superaba los cinco mil habitantes. Dos terceras partes eran de origen indígena, mientras que el resto se correspondía fundamentalmente con chilenos del continente. El principal motor económico de la isla, obviamente, era el turismo, y en menor medida, la pesca.

Conforme avanzaba la noche, más cómodo me fui sintiendo en mi accidental papel de padre «primerizo». A Maeva le centelleaban los ojos cada vez que le destinaba una caricia o unas palabras de afecto. Entonces perfilaba una enorme sonrisa que le ascendía por las mejillas y apuntaba directamente a mi corazón.

Con todo, la asombrosa afirmación de Erick —de quien no volví a tener noticias en toda la noche— no dejó de rondarme la cabeza como una abeja que revolotease en torno a un panal de miel.

«… *El descubrimiento antropológico más importante de los últimos cien años*».

CAPÍTULO SEGUNDO

SÁBADO

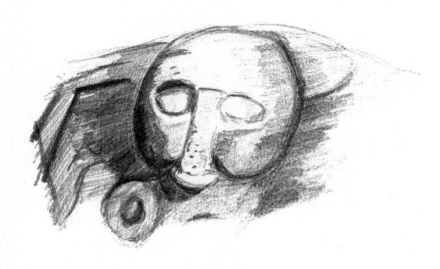

Make-Make: principal deidad de la mitología pascuense. Es el dios creador de la humanidad y de todas las cosas. Se conservan en la isla varios petroglifos que representan al dios Make-Make, caracterizado por sus ojos grandes y redondos de mirada fija y penetrante. Cuenta la leyenda que Make-Make fue el responsable de revelar la ubicación de la Isla de Pascua a los primeros pobladores, guiados por el legendario *ariki* Hotu Matua.

A la mañana siguiente amanecí barruntando cómo le comunicaría a mi esposa la existencia de mi recién descubierta hija pascuense, que tras haber irrumpido en mi vida como un vendaval, ya ocupaba un lugar de preferencia entre mis seres más queridos. También mis dos hijos tenían derecho a saber acerca de Maeva pues, aunque pequeños, ya poseían edad suficiente como para comprender que una hermana mayor les aguardaba en el otro extremo del mundo.

Por otro lado, desperté prácticamente convencido de que la llamada de Erick —cuyo excitado timbre de voz ya me sonaba muy lejano— no había tenido mayor sentido que granjearse algunas risas a mi costa. Una parte de mí, sin embargo, aún se resistía a aceptar esa hipótesis, incompatible por naturaleza con la elegante forma de ser del antropólogo noruego, pese a que no volvió a llamarme en toda la noche para aclarar el alcance de su enigmática aseveración.

Para resolver el misterio traté de localizarlo de nuevo en su teléfono móvil, pero el aparato continuaba sin dar señal. Sin pensármelo dos veces, decidí personarme en el hotel donde se hospedaba. Yo, a diferencia de Erick, había decidido alojarme en una de las casas de huéspedes típicas de la isla, a las que llamaban residenciales, y que ofrecían un trato mucho más cálido y cercano al hallarse regentados por familias de origen rapanui.

En el hotel no supieron darme cuenta de Erick. El recepcionista negó haberlo visto salir por la mañana y tampoco sabía si había o no regresado la pasada noche, porque el turno le había correspondido a otro compañero. Sea como fuere, acudió a su habitación y comprobó que no había nadie en su interior.

Contrariado, decidí poner rumbo a la excavación. Siendo sábado, el recinto arqueológico debía hallarse vacío, pero si lo que Erick me había revelado la noche anterior era cierto, entonces probablemente le encontraría analizando el supuesto hallazgo. Tomé la bicicleta de montaña que había alquilado y comencé a pedalear impulsado por la intriga. Las bicicletas podían ser muy útiles para recorridos breves, pero en ningún caso para desplazamientos excesivamente largos. La mayoría de los caminos de la isla se encontraban en bastante mal estado, repletos de baches y socavones.

El día se anunciaba caluroso, lo habitual en aquella época del año. El sol se elevaba sobre el océano como una esfera incandescente que arrojaba sobre la isla brillantes regueros de luz en tonos verdes y ocres.

Para mi decepción, la excavación se encontraba desierta.

Primero dirigí mis pasos hacia la caseta prefabricada, que había sido acondicionada a modo de precario despacho y donde Erick solía pasar buena parte de su tiempo resguardado del sol. Un rápido vistazo me bastó para comprobar que todo se hallaba en orden y que no había nada que mereciese ser destacado. A continuación me trasladé al almacén contiguo, que utilizábamos para guardar los restos arqueológicos recuperados, y que seguía tal como yo mismo lo había dejado la jornada anterior. Finalmente, volví al exterior y examiné una a una las zanjas excavadas en torno al *ahu* Vinapú: todas se hallaban intactas.

Desde mi punto de vista, si de verdad Erick había realizado el hallazgo del que presumía y al que había atribuido tanto valor, de ninguna manera podría haberlo efectuado dentro de los confines del recinto arqueológico. De lo contrario, existiría algún tipo de rastro que lo atestiguase, y era evidente que no lo había.

El sonido de los cascos de un caballo interrumpió mi cadena de pensamientos. Me cubrí los ojos a modo de visera y divisé al animal perfilado en el camino, levantando a su paso una nube de polvo gris. Los caballos constituían el medio de transporte más popular de la isla, particularmente entre la población autóctona. A lomos del equino distinguí, cual valerosa amazona, a la bellísima Hanarahi, cuya larga melena le caía sobre los hombros y se mecía suavemente a merced de la brisa. En cualquier caso, y pese a que conservaba intacto su atractivo de antaño, desde el mismo instante en que nos reencontramos se puso de manifiesto que las circunstancias habían cambiado y que el fuego que prendió entre ambos una vez ya no volvería a resurgir. Después atisbé a Maeva, que viajaba abrazada a la espalda de su madre con una sonrisa prendida en los labios.

Ciertamente, antes de despedirnos la pasada noche, y sin que hubiésemos precisado una hora exacta, le prometí a Hanarahi que buena parte del sábado lo pasaría junto a Maeva. Y aunque tampoco esperaba que me tomase la palabra a una hora tan temprana, yo también deseaba compartir con la niña tanto tiempo como me fuera posible.

El caballo se detuvo a una cierta distancia del perímetro que circundaba el yacimiento arqueológico. Caminé hacia ellas y me apresuré a recibirlas.

—Dichosos los ojos —tercié—. Pero confieso que no esperaba vuestra visita.

—Buenos días, Germán —saludó Hanarahi—. Aquí me tienes dando guerra desde por la mañana.

No cabía duda de que Hanarahi se esforzaba de veras porque entre Maeva y yo se creara un vínculo sólido. Yo sospechaba que se sentía culpable por haber privado a Maeva de la experiencia de crecer con un padre a su lado, y ahora que se le presentaba la ocasión, deseaba devolverle una parte de lo que no había podido tener. Yo mismo podía haber sentido cierto resentimiento hacia Hanarahi por haberme ocultado la existencia de Maeva durante todos aquellos años, pero decidí que no merecía la pena. Comprendí que a ella tampoco le habría resultado sencillo tomar aquella decisión.

Tomé a Maeva en brazos para ayudarla a desmontar del caballo. No sabría decir si mi hija deseaba o no encontrarse allí en aquel preciso momento. Probablemente sus sentimientos eran encontrados. Por un lado ansiaba poder estar conmigo, pero por otro aún me percibía como un extraño a quien acababa de conocer.

—Gracias —murmuró cuando la deposité en el suelo.

—Hemos tenido que preguntar para dar contigo. Pero si estás muy ocupado —añadió Hanarahi—, te la puedo traer en otro momento.

—De eso nada —repliqué—. Tú déjala en mis manos, que estamos en el sitio adecuado para que no se aburra en absoluto. Prometo que te la devolveré sana y salva, y a ser posible, un poco más sabia, tras haberle enseñado algunos sencillos conceptos de arqueología.

Hanarahi agradeció mi buena predisposición y, tras lanzarle un beso a su pequeña, espoleó al caballo para emprender el camino de regreso hacia Hanga Roa.

Cuando nos quedamos solos, anuncié:

—¿No dijiste que querías ser arqueóloga?

Maeva asintió, mirándome con devoción a través de sus profundos ojos negros.

—Bien, pues hoy vas a tener la oportunidad de demostrarlo.

Sin más, encaminamos nuestros pasos hacia el almacén contiguo a la caseta. Allí guardábamos todo el material necesario para el trabajo, como palas, picos o carretillas, y también el instrumental topográfico, entre otros muchos utensilios. Sobre una mesa estaban dispuestos, perfectamente catalogados y envasados, los hallazgos realizados hasta la fecha. Las piezas —anzuelos de piedra, herramientas de basalto y fragmentos de carbón vegetal— no eran de gran interés, pero daba igual: Maeva los observó con curiosidad y no dejó de hacerme una pregunta tras otra.

Finalmente, armé a mi hija con una paleta triangular y una bolsa de plástico para depositar las muestras y, radiante de felicidad, la conduje hacia una de las zanjas del exterior donde podría poner en práctica sus dotes de arqueóloga bajo mi directa supervisión.

Una vez en el interior del rectángulo, le indiqué que utilizara la herramienta para retirar la tierra, siempre de forma delicada y poniendo mucha atención, por si hacía contacto con algún tipo de superficie más férrea y para que no se le escapase ni una pieza, por minúscula que esta fuera. La reté a encontrar una estatuilla o el ojo de coral de un *moai*, desprendido de su cuenca varios siglos atrás, y ella se puso manos a la obra de inmediato.

Entre ambos se deslizó un silencio tan denso como la brisa que soplaba desde los acantilados. Aunque fuésemos padre e hija, a ninguno se nos ocurría qué decir.

—Estuve pensando en lo que me contaste ayer —terció al fin Maeva sin dejar de rascar la tierra—, y ahora estoy hecha un lío. ¿De dónde crees tú que procedían los pobladores originarios de la isla?

Me sorprendió el interés de Maeva por los misterios que yo le había expuesto de forma tan somera, y que la arqueología llevaba décadas tratando de desentrañar… aunque también podía haber sacado el tema solo por establecer un diálogo conmigo. En cualquier caso, me mostré encantado de esclarecer sus dudas.

—Bueno, la hipótesis más extendida defiende que los primeros pobladores de Pascua procedían de alguna isla perteneciente a la Polinesia Francesa. Esta teoría cuenta a su favor con la genética, la tradición oral y también con el idioma, pues el rapanui pertenece al grupo de las lenguas polinesias orientales, como el mangarevano, el tahitiano o el maorí.

—¿Y tú estás de acuerdo?

—Yo creo que vuestros antepasados más directos son de raíz polinesia, ahí no hay nada que discutir. Ahora bien, eso no significa necesariamente que también lo fuesen aquellos que habitaron la isla hace miles de años.

»La otra hipótesis, menos aceptada, sostiene que esos pobladores procederían de culturas preincaicas de América del Sur. Y aunque eso significa que habrían tenido que salvar una distancia mayor, se ha demostrado factible la realización de dicho viaje a bordo de una balsa similar a las que usaban los antiguos indios del Perú, con ayuda de las corrientes marítimas y los vientos alisios. Aquellos pobladores habrían traído consigo el conocimiento para erigir estatuas y transportar piedras de grandes dimensiones, una técnica que dominaban en tierras sudamericanas, pero de la que carecían los polinesios.

»El *ahu* Vinapú que tenemos en frente, sin ir más lejos, es una creación única en la isla, porque es un fiel reflejo, prácticamente gemelo, de las obras maestras más clásicas de los predecesores de los incas: una plataforma formada por enormes sillares de hasta diez toneladas de peso, cortados como si fuesen gelatina, y tan bien labrados y pulidos, que encajan perfectamente sin necesidad de argamasa ni cemento.

—Entonces... ¿este muro lo habrían hecho gentes procedentes de América?

—Es lo que parece. Si no, tendríamos que suponer que los polinesios crearon este soberbio y complicadísimo estilo arquitectónico como resultado de un proceso independiente desarrollado en el seno de la propia isla, a partir de que llegaran aquí.

»Con todo, la arqueología oficial, mucho más favorable al origen polinesio de los primeros pobladores, calcula que la llegada de Hotu Matua a la Isla de Pascua ocurrió hacia el siglo IV de nuestra era, procedente de alguna isla de la Polinesia aún sin identificar.

Hotu Matua representa un personaje mítico para los nativos de la isla, una especie de héroe fundador de la cultura rapanui y su más célebre antepasado. A grandes rasgos, la leyenda cuenta que

Hotu Matua era el *ariki* —rey— de una mítica isla llamada Hiva, abocada a la desaparición a causa de una inminente crecida de las aguas. Sin embargo, antes de que se produjese la catástrofe, el dios Make-Make le reveló a uno de sus consejeros, mediante un sueño, la existencia de una isla habitable que se encontraba más al Este. Hotu Matua no dudó en partir hacia allí junto a todo su pueblo.

Maeva arrugó la nariz. Aunque trataba de esforzarse, la pobre parecía cada vez más confundida.

—Entonces, ¿tú no crees que Hotu Matua llegara del Oeste como proclama nuestra tradición oral? —preguntó.

—A veces las cosas no son tan simples —repliqué—. La leyenda de Hotu Matua, como muchas otras que fueron recogidas por los etnólogos a finales del siglo XIX y principios del XX, tiene diferentes versiones según el origen de la fuente. ¿Sabías, por ejemplo, que una variante muy poco conocida decía que la isla ya había sido habitada antes de la llegada del legendario *ariki*?

Maeva reflexionó en silencio, asimilando poco a poco los dilemas a los que se enfrentaba la arqueología.

—Algún que otro autor respetable —añadí para completar mi exposición—, ha llegado a afirmar (seguramente en un momento de debilidad y llevado por una imaginación desbocada), que los primeros pobladores y verdaderos artífices de los *moai* pertenecieron a una antiquísima civilización antediluviana, que un día desapareció sin dejar rastro a causa de algún tipo de cataclismo.

»En realidad, lo que sea que ocurriese en tiempos remotos, nunca llegaremos a saberlo con certeza…

***

Año 389 d. C.
Isla de Pascua

Los últimos de los suyos continuaban habitando la isla desde que sus antecesores la colonizaran aproximadamente mil seiscientos años atrás. Aquel constituía, desde la más remota antigüedad, el mayor periodo de paz conocido hasta la fecha por los de su raza, acostumbrados desde siempre a la lucha por la supervivencia en una batalla tras otra. La población se había multiplicado y su número actual rondaba los quinientos habitantes, un censo que seguía siendo reducido, pero que nada tenía de extraño pues los suyos, desde siempre y por aquellas cosas de la naturaleza, se habían reproducido en número muy escaso.

Durante todo aquel tiempo los moradores no habían dejado de producir, generación tras generación, aquellas titánicas estatuas con las que ya habían conseguido poblar buena parte de la isla. El proceso de fabricación era extremadamente lento. Los diestros escultores eran muy pocos, y la prioridad no podía ser otra que la obtención de alimento, que les garantizase la subsistencia del día a día con los escasos recursos que la isla les podía ofrecer. La creación de un moai se demoraba años, y a veces incluso décadas. El acabado de las esculturas, las cuales eran de mayor tamaño cada vez, tenía que ser absolutamente perfecto, y la expresión de cada uno de los colosos, idéntica a la de su predecesor. Además, mientras esculpían la roca con sus azuelas, en no pocas ocasiones se veían obligados a abandonar una estatua a medio hacer, como consecuencia de haberse topado con una grieta o con una veta de escoria, que desfiguraba la obra o hacía imposible su ejecución.

Asimismo, también se emplearon en el levantamiento de los ahus, plataformas configuradas por enormes sillares de piedra donde solían situar a los moai, y en torno a los cuales se proyectaba una plaza rectangular por lo general pavimentada. Su pueblo no solo poseía avanzados conocimientos de ingeniería, sino que también estaba ampliamente versado en la ciencia de los astros. Esa es la razón por la que solían elegir el emplazamiento de los ahus de manera que quedasen alineados de acuerdo con observaciones astronómicas precisas, como el que situaron orientado a la salida del sol en el solsticio de invierno, coincidiendo con el día más corto del año.

Los sabios, por su parte, plasmaban el contenido de la milenaria historia de su pueblo en tablillas de madera, utilizando para ello su propio sistema de escritura jeroglífica. Se podría decir que la historia de los suyos se había detenido desde que recalaron en aquella remota isla, pero habría sido inútil negar que, de lo contrario, los de su raza se habrían extinguido para siempre largo tiempo atrás.

El prolongado periodo de aislamiento se interrumpió súbitamente una mañana, cuando divisaron desde lo alto de un acantilado una embarcación que se aproximaba hacia la costa. Finalmente, el peor de sus temores se había hecho realidad. Siempre habían sabido que, antes o después, otros hombres acabarían por llegar a la isla.

El líder no perdió un ápice de su compostura y, tras ser puesto al corriente de la situación, marchó junto a una comitiva hacia la bahía donde se dirigía la canoa de los visitantes.

El clan familiar que integraba la expedición, formado por una treintena de miembros, respiró profundamente aliviado después de alcanzar la orilla tras varias semanas de navegar a la deriva por aguas del Pacífico. La tribu polinesia, que procedía de una pequeña isla perteneciente al archipiélago de las Marquesas, se había visto obligada a abandonar sus tierras como consecuencia de una decisión del rey, que les había condenado a un severo castigo en forma de destierro. Hombres, mujeres y niños descendieron de la canoa y respiraron el exuberante aroma de las hierbas altas que el viento transportaba desde la meseta, y que tanto habían echado de menos durante su interminable travesía. Y mientras las mujeres se dedicaban a buscar moluscos entre los relieves de la costa y los niños jugaban en la playa y en el interior de unas cuevas próximas, los hombres ascendieron por una loma dispuestos a iniciar la exploración de la isla.

El líder y su comitiva les estaban esperando a la vuelta del cerro para darles la bienvenida de forma pacífica. No temían a los recién llegados. Ya habían comprobado que su número era escaso, además de que la mayoría se hallaban desarmados, excepto unos cuantos que portaban lanzas hechas con madera de coco.

En cuanto los polinesios se toparon con los singulares habitantes de la isla, sus rostros se desencajaron de improviso producto de un terror primitivo que al principio les dejó *completamente paralizados. Los polinesios nunca habían contemplado a aquella clase de hombres, pertenecientes a una extraña raza, y tan pronto fueron capaces de reaccionar, dieron media vuelta y corrieron despavoridos camino de la costa, pese a que los pobladores de la isla no hubiesen dado muestra alguna de hostilidad.*

Los hombres gritaron a las mujeres, que enseguida recogieron a los pequeños que andaban jugando por las orillas. En un abrir y cerrar de ojos, todos embarcaron de nuevo a bordo de la canoa impulsados por un pánico irrefrenable que les había cortado la respiración y la capacidad de pensamiento. Huyeron de forma tan precipitada, que mientras se alejaban de la costa la embarcación rozó con los arrecifes que rodeaban la bahía. El casco sufrió daños cuyos efectos no se manifestaron a corto plazo pero sí más adelante, cuando se encontraron mar adentro y las consecuencias resultaron tan inevitables como desastrosas. Finalmente, las aguas engulleron la canoa y con ella, a todos sus pasajeros.

Aquel fugaz encuentro protagonizado por la tribu polinesia, sin embargo, influiría de manera decisiva en el devenir histórico de la isla. La estampida se llevó a cabo de una forma tan atropellada e impetuosa, que nadie reparó en la ausencia de un niño que se había perdido jugando en una de las cuevas adyacente a los acantilados. Para cuando salió, ya todos se habían ido, y el crío se dio cuenta enseguida de que le habían dejado en la isla solo ante su suerte. El niño tenía cinco años de edad y se llamaba Hotuiti, si bien, tiempo después, se le conocería por el nombre de Hotu Matua.

Hotuiti permaneció varias horas en la playa de Anakena, oteando el horizonte en vano y sumido en un desesperado llanto intensificado por el miedo. El hambre y el convencimiento de que ya no regresarían a buscarle le insuflaron el suficiente coraje como para interrumpir su inútil retahíla de lamentos. Entonces abandonó la playa y se decidió a penetrar en el corazón de la isla.

Avanzando aún entre sollozos aunque algo más calmado, Hotuiti no tuvo que transitar demasiado para tropezarse con la primera gran sorpresa del día. Sobre una enorme plataforma de piedra se alzaban tres gigantescas estatuas de rostros hieráticos y orgullosos, cuyas extraordinarias dimensiones superaban con creces cualquier otra muestra de arte de la que hubiese sido testigo en su tierra de origen. Hotuiti contempló las esculturas durante algunos minutos, casi hipnotizado ante su estremecedora presencia, y después resolvió continuar su camino a través de un sendero pedregoso, sin que todavía hubiese atisbado señal alguna de vida.

Entonces, procedente de una montaña, llegó hasta sus oídos un tenaz repiqueteo. Hotuiti no lo dudó un instante y se dejó guiar por el cadencioso sonido, sin ser consciente de que había puesto rumbo hacia el volcán Rano Raraku, donde los canteros esculpían la dura piedra con gran habilidad e infinita paciencia.

Un grupo de pobladores discutía al pie del volcán, preocupados ante la posibilidad de que tras aquella primera visita fugaz, otros hombres acudieran a la isla, pero en número mucho mayor y con otras intenciones. Fue entonces cuando se produjo el encuentro entre el niño y los moradores del lugar. Ambas partes sufrieron un sobresalto. Hotuiti se quedó petrificado. Sin embargo, sus ojos escudriñaban el mundo a través de un prisma diferente al de los adultos, y en lugar de sentir miedo ante la presencia de aquellas criaturas, lo que le invadió fue una gran curiosidad.

Tras un incómodo silencio, por fin uno de los hombres le dirigió la palabra en una lengua extraña que Hotuiti no acertó a entender. Su rostro era idéntico al de las estatuas. El de todos lo eran. Los pobladores de la isla tampoco comprendieron al niño en el idioma polinesio con que les replicó.

Enseguida llamaron al líder para que estudiara la situación y tomara la decisión que estimase más oportuna. El miedo, ahora sí, comenzó a apoderarse de Hotuiti, cada vez más intimidado ante la presencia de aquellos hombres, cuya existencia se reducía al ámbito de los mitos y leyendas.

El líder no tardó en comparecer, acompañado en todo momento por su esposa que no se separaba de su lado. La mujer observó al niño e inmediatamente brotó en ella su instinto maternal. Hotuiti supo interpretar aquella inconfundible mirada y, superando las apariencias, corrió a refugiarse en su regazo.

La decisión estaba tomada. De forma excepcional se harían cargo del niño y procurarían su bienestar, aunque no fuese uno de los suyos.

Hotuiti se integró en la comunidad como uno más, y pasó a jugar con el resto de la chiquillería de igual a igual, sin tener en cuenta las evidentes diferencias que les separaban, producto de las particularidades propias de cada raza. Al principio, el idioma se convirtió en la barrera fundamental, pero como Hotuiti se hallaba en la etapa más idónea para el aprendizaje, en pocos meses sabía hablarlo con la misma soltura que los nativos.

A Hotuiti le encantaba protagonizar escapadas a la cantera del Rano Raraku, donde observaba a los escultores trabajar durante horas mientras daban forma a los moai y después los extraían de la roca con increíble delicadeza. Para el transporte de las formidables estatuas se requería la participación de un importante número de pobladores, cuyo esfuerzo y sabiduría hacían posible semejante proeza, ante los atónitos ojos de Hotuiti, que sentía una gran envidia por no ser como ellos. Finalmente, y ante la presencia de todos los habitantes de la isla, erigían los moai en los altares correspondientes, momento en que eran coronados con un inmenso tocado de piedra rojiza, pues la roca de la cantera de la cual eran extraídos poseía la tonalidad precisa que les permitía representar la melena de aquellos hombres de piel blanca y cabello pelirrojo.

Hotuiti se integró a la perfección, y su excelente actitud le valió para ganarse la confianza de los sabios, hasta el punto de que estos le enseñaron los secretos de su enigmática escritura tras cumplirse su primer año de estancia en la isla. Hotuiti aprendió a leer y a escribir, y tuvo el honor de contemplar los cientos de tablillas que narraban las crónicas de aquel antiquísimo pueblo, cuyo glorioso pasado se había disipado para siempre varios milenios atrás.

Hotuiti también fue instruido en los secretos de la astronomía, como las fases de la luna o los cambios estacionales que se producían en la isla a lo largo del año, datos vitales para determinar los momentos más propicios para la pesca o la siembra de ciertas plantaciones.

Nada en la apacible existencia de los habitantes de la isla hacía presagiar la terrible tragedia que estaba a punto de ocurrir.

Dos años después de su llegada, Hotuiti contrajo un severo mal que le postró en el lecho durante varias semanas, aquejado de fiebres, vómitos, y unas llagas que se le extendieron por todo el cuerpo y después se le transformaron en pústulas sangrantes. Los

41

sabios desconocían el mal padecido por el crío y ninguno de sus remedios sirvió para curarlo. Hotuiti rondó la muerte, hasta que en el último suspiro, cuando ya nadie lo esperaba, logró superar por sí solo la enfermedad.

El problema surgió cuando un habitante de la isla, el que mejores cuidados le había procurado durante su convalecencia, mostró signos de haberse contagiado. Se trataba de la mujer que había hecho las veces de madre, la cual falleció de manera fulminante a los pocos días de contraer la temible enfermedad. La víctima fue cremada en un túmulo de madera situado a orillas del mar, de acuerdo a la tradición establecida por sus ancestros.

Para entonces, ya se hallaban infectados unos cuantos pobladores más.

A diferencia de Hotuiti, ninguno de los nativos se recuperaba, y uno tras otro iban muriendo sin que nada se pudiese hacer por evitarlo. Durante los muchos siglos que llevaban en la isla, jamás había ocurrido un episodio semejante. Los sabios, sin embargo, enseguida recordaron las crónicas que advertían de la fragilidad de los de su especie frente a las enfermedades transmitidas por el hombre. Hotuiti les había contagiado su mal, que se propagaba con la velocidad de los vientos que soplaban en la isla de punta a punta.

En pocas semanas la enfermedad ya había alcanzado el grado de epidemia. Un tercio de la población había perdido la vida y los funerales se sucedían uno tras otro. Dejaron transcurrir un tiempo precioso en el que probaron, en vano, todo tipo de medidas para detener los mortales contagios. Finalmente, cuando los habitantes ya eran tan solo un centenar, resolvieron que su única posibilidad de supervivencia pasaba por abandonar la isla y escapar así de la plaga.

Los últimos de los suyos subieron a bordo de varias balsas de troncos como las que habían usado para llegar a la isla, y partieron rumbo a Poniente con la esperanza de avistar tierra más pronto que tarde. A Hotuiti no le dejaron atrás, y pasó a engrosar la expedición como si fuese uno más de los suyos.

Tan solo un grupo de pobladores que ya había contraído la enfermedad hubo de permanecer en la isla para no contagiar a los protagonistas del éxodo. Los desahuciados decidieron penetrar en una enorme cueva que se perdía en el corazón de la isla, lugar que escogieron para expirar y dejar que sus restos reposaran hasta el final de los días bajo aquella inmensa tumba de basalto y roca volcánica. Uno de ellos, dotado de grandes cualidades artísticas, pintó un mural en una pared de aquella gruta, compuesto por hermosos animales —pumas, jaguares y cóndores—, que tan solo conocía de oídas, gracias a las crónicas referidas por sus antepasados.

Algunas décadas más tarde, un corrimiento de tierras acabaría sellando para siempre el acceso de aquella cueva.

Mientras tanto, en alta mar se reproducía la tragedia que ya hubiese tenido lugar en la superficie de la isla. Algunos de los nativos habían subido a bordo sin reparar en que ya estaban infectados, y que si los síntomas no habían dado la cara aún era porque la enfermedad se encontraba en periodo de incubación. Las semanas transcurrieron sin que avistaran tierra, y enseguida se dieron cuenta de lo lejos que se hallaban de cualquier otra isla o plataforma continental. Los cuerpos de los fallecidos eran arrojados al mar mientras el número de supervivientes se iba reduciendo de forma progresiva. El desastre era inminente. Una de las balsas no tardó en naufragar ante la ausencia de candidatos que la gobernasen como era debido. Las demás terminaron corriendo la misma suerte. La embarcación que ocupaba Hotuiti zozobró justo cuando la costa se recortaba en el horizonte. Entonces el océano se tragó al último de los suyos, extinguiendo para siempre aquella singular especie que en tiempos remotos había llegado a poblar buena parte del planeta.

Hotuiti se agarró con fuerza a un pedazo de madera y las olas arrastraron su cuerpo a la playa de una pequeña isla. La misteriosa aparición de aquel niño, escupido por las aguas del océano sin explicación aparente, llegó a oídos del ariki, que exigió su inmediata comparecencia. Ya en presencia de la familia real, Hotuiti balbuceó unas palabras en una extraña lengua que nadie entendió. Después rectificó y pasó a expresarse en su idioma natal de origen polinesio, que nunca llegó a olvidar. El crío mostró enseguida signos de poseer una gran inteligencia y especial sabiduría. Y fue tal la impresión que le causó al ariki, que decidió adoptarle como hijo propio y rebautizarle con el nombre de Hotu Matua.

A 2.900 kilómetros de distancia, Pascua volvía a encontrarse desierta, huérfana ya de aquellos pobladores primigenios que después de tantos años esculpiendo su orografía, habían desaparecido sin dejar rastro, salvo por los cientos de moai con que habían engalanado todos y cada uno de los rincones de la isla.

***

No habían transcurrido ni quince minutos desde que Maeva y yo nos introdujimos en la zanja, cuando el rumor de un vehículo motorizado interrumpió la calma que se respiraba en aquel paraje de la isla. Alcé la vista y distinguí un monovolumen revestido con los colores institucionales —blanco y verde— de las autoridades policiales chilenas: los carabineros.

Seguí el vehículo con la mirada, deseando que pasara de largo y continuara su camino por el litoral. Sin embargo, tan pronto se detuvo frente al yacimiento, un terrible presentimiento cruzó por mi cabeza con la contundencia de un repentino latigazo.

—No te muevas de aquí —le pedí a Maeva, mientras yo me acercaba para hacerme cargo de la situación.

Un tipo grueso que rondaba la cincuentena descendió del vehículo y me aguardó ojeando unos papeles que había sacado de una fina carpeta.

—Esteban Villegas, comisario de la Brigada de Investigación Criminal —se presentó en cuanto llegué a su altura.

Me estrechó la mano con escasa convicción y casi sin mirarme a la cara. Los papeles se le cayeron y tuvo que dedicar varios segundos a recogerlos del suelo. Parecía organizar sus pensamientos con expresión preocupada. Su aspecto y su acento le delataban inequívocamente como chileno continental, muy alejado del arquetipo local de la etnia rapanui. Un bigotillo oscuro adornaba su rostro, flanqueado por un par de voluminosos carrillos que le conferían el aspecto de una morsa.

—¿Qué ocurre? —pregunté.

—¿Es usted don Germán Luzón de Estrada? —inquirió con la cabeza aún enterrada en los papeles—. ¿Miembro directivo de la presente excavación arqueológica?

—Sí, sí —corroboré, cada vez más nervioso.

El comisario Villegas elevó por fin su mirada para comunicarme el motivo de su extraña presencia allí.

—Traigo malas noticias —anunció—. A primera hora de la mañana hemos hallado el cuerpo sin vida del señor Erick Solsvik, de nacionalidad noruega. —Y sin darme tiempo para digerir el golpe, agregó—: Le ruego, si no tiene inconveniente, que me acompañe a las dependencias hospitalarias para identificar el cadáver.

No pude evitar sentirme trastornado durante algunos instantes. Giré la cabeza y observé a Maeva en la distancia, sentada en el interior de la zanja, completamente ajena a la conversación.

—Por supuesto —reaccioné—. Pero antes me gustaría dejar a la niña en su casa.

Cubrimos el trayecto hasta Hanga Roa atrapados en un incómodo silencio. No quise entrar en detalles con Maeva y me limité a decirle que había surgido un asunto con las autoridades que debía atender con urgencia. Yo mismo me tuve que morder la lengua porque eran decenas las preguntas que le habría querido hacer al comisario, quien también se sumó al pacto de silencio y no soltó prenda mientras la niña estuvo presente.

Finalmente, dejamos a Maeva en su casa, visiblemente disgustada por el inesperado rumbo de los acontecimientos. Me alegró constatar que lamentaba tener que separarse de mí. Prometí volver a buscarla en cuanto pudiese y me despedí de ella con un sentido beso.

El comisario reemprendió la marcha hacia el hospital, dispuesto a contestar a mis preguntas en cuanto yo abriese fuego.

—¿Qué ha pasado? —espeté.

—Un crimen. Su colega fue asesinado.

No lo esperaba. Estaba convencido de que su muerte había sido producto de un fatal accidente, como la caída desde lo alto de un acantilado. El comisario observaba de reojo mi reacción.

—¿Cómo es posible? —balbuceé.

—El señor Solsvik fue golpeado salvajemente en la cabeza. Una pareja de turistas australianos dio la voz de alarma cuando encontraron su cadáver abandonado en las profundidades de la Cueva de los Caníbales.

Conocía muy bien aquella gruta situada al sur de Hanga Roa, junto a la costa, muy popular por sus pinturas rupestres relacionadas con el culto al hombre pájaro.

—Seré franco con usted —prosiguió el comisario—. Cuando hace ya diez años me destinaron a la isla, lo tomé como un castigo de mis mandos superiores. Sin embargo, hoy en día me siento dichoso de desempeñar aquí mi trabajo, amén de que mi familia ya se ha adaptado por completo a la vida lejos del continente. Por fortuna, en este lugar la delincuencia no representa un problema. La mayoría de los delitos a los que nos enfrentamos se engloban dentro del ámbito de la violencia doméstica, hurtos de escasa importancia, y solamente un par de veces al año nos topamos con algún que otro robo con fuerza. Aquí precisamente no estamos acostumbrados a los asesinatos.

Si el comisario estaba insinuando que el caso le venía grande, se podía haber ahorrado el discurso. Ya hacía largo rato que me había dado cuenta.

Enseguida llegamos a nuestro destino y descendimos del vehículo. El hospital había sido recientemente inaugurado, y sustituía al precario centro de salud que yo había conocido en mi primera visita a la isla. Atravesamos un pasillo con amplios ventanales a ambos lados que proyectaban una intensa claridad. El comisario se paseaba por las instalaciones con desparpajo y saludaba al personal sanitario con absoluta naturalidad mientras me guiaba a través de salas y corredores. Nos dirigíamos a la planta baja: una estancia de dimensiones reducidas bañada por la lechosa luz que arrojaban un par de tubos fluorescentes. La silueta de un cuerpo cubierto por una sábana, tendido sobre una camilla, ocupaba el centro de la sala.

Un individuo enfundado en una bata blanca nos invitó a pasar con un gesto de la mano. El comisario no se molestó en presentármelo, de modo que supuse, por su atuendo, que debía tratarse del forense.

—¿Está preparado? —me advirtió el comisario en un tono de voz neutro—. Tenga en cuenta que la estampa no será agradable. Prácticamente le han destrozado la cabeza.

Asentí por pura inercia deseando pasar aquel amargo trago lo antes posible. El comisario tampoco se anduvo con ceremonias. Tiró del extremo de la sábana y dejó a la vista el rostro del cadáver.

Nada podría haberme preparado para aquella visión. Aparté la mirada en un acto reflejo, intentando controlar la fatiga que me trepaba por la garganta. Un instante después me obligué a mirar de nuevo, superando la repulsión que me producía la crudeza de la imagen. No tuve dificultad en reconocer el rostro de mi colega, a pesar de su cráneo parcialmente hundido, y, a Dios gracias, cubierto por una venda que impedía que la sanguinolenta herida quedase ante mis ojos.

No fue hasta aquel momento que tomé verdadera conciencia de la muerte de mi amigo, como si no hubiese querido creérmelo, solo porque la noticia me la había dado un policía con cara de elefante marino que no andaba que dijéramos muy sobrado de luces.

—Es Erick Solsvik —murmuré—. Sin duda.

El comisario Villegas cruzó unas palabras con el forense y a continuación le mandó cubrir el cadáver. En una mesa adyacente reposaba la ropa de Erick y una bandeja con sus objetos personales. Enseguida reparé en que la camisa estaba repleta de minúsculas rasgaduras, y también de unas manchas negruzcas que llamaron poderosamente mi atención. La bandeja contenía la cartera de Erick, su alianza matrimonial… y una alhaja que sentí inmediatamente fuera de lugar. Se trataba de un colgante de plata, realizado sobre madera tallada, que mostraba la figura del *manu piri*. Dicho emblema representaba la unión de dos aves, que en el marco de la cultura rapanui simbolizaba el amor de pareja. Me resultó muy extraño que Erick llevara encima aquella pieza de orfebrería, especialmente después de que me invadiera la certeza de haberla visto antes en algún otro sitio.

Firmé un documento que corroboraba la identificación que había efectuado y abandoné el hospital en compañía del comisario, tremendamente agradecido por mi ayuda.

—Don Germán… —comenzó a decir.

—Por favor, déjelo en Germán a secas.

—Como prefiera. Y llámeme Esteban si así lo desea. Pues bien, Germán, lo cierto es que necesito de su colaboración. He de esclarecer lo ocurrido y la verdad es que por el momento carecemos de la menor pista. Si fuera tan amable de venir conmigo a la comisaría, en mi despacho podría hacerle algunas preguntas y recabar algo de información que me ayudara con el caso.

Me sentía consternado e incapaz de pensar con claridad, pero accedí a colaborar sin dudarlo un segundo. El autor de semejante atrocidad debía ser puesto entre rejas cuanto antes.

La comisaría estaba a dos pasos. Recorrimos esa corta distancia analizando los rigores del clima, evitando así durante unos minutos la terrible cuestión de fondo. Esteban ya se había acostumbrado al calor húmedo y sofocante que imperaba en la isla durante aquella época del año. Mi caso, sin embargo, era bien distinto. Aquel día en particular, además de la habitual transpiración que me provocaba la canícula, una pegajosa capa de sudor frío me cubría toda la espalda hasta la nuca, a causa de la angustiosa situación.

La comisaría, de aspecto austero y vulgar, contaba tan solo con un efectivo de guardia. El comisario Villegas había puesto a todo su personal a trabajar en el caso más importante ocurrido en la isla que nadie podía recordar. Esteban me invitó a pasar a su despacho. Allí la temperatura superaba incluso la de afuera. Me sequé el sudor de la frente con el dorso de la mano y el comisario tuvo la gentileza de conectar un viejo ventilador de aspas que se limitaba a remover el aire caliente de la sala.

—¿Un café? —ofreció mientras se acomodaba tras su escritorio.

Negué con la cabeza. La imagen cadavérica de Erick me resultaba demasiado reciente y aún tenía la garganta cerrada a cal y canto. Tomé asiento frente al comisario sobre una rígida silla de metal.

Antes de pronunciar palabra, Esteban ojeó algunos papeles que cubrían parte de su mesa: informes redactados a toda prisa.

—Germán, seré franco con usted. La investigación no ha hecho más que comenzar y ya nos encontramos en un callejón sin salida. Por ahora no han aparecido testigos, y tampoco hemos encontrado huellas, residuos ni pistas de ningún tipo en el supuesto escenario del crimen.

—¿Supuesto escenario del crimen? —repetí—. ¿No cree que le matasen en la Cueva de los Caníbales?

—No, más bien parece que le dieron muerte en otro sitio y después trasladaron el cuerpo hasta allí. ¿Se ha fijado en las pequeñas desgarraduras de la camisa? Bueno, pues aunque no sabemos ni cómo ni dónde se las produjo, podemos descartar que fuese en dicha cueva, en cuyo interior no hemos hallado el menor fragmento de tejido. Quizás las manchas parduscas de la camisa nos revelen algún dato, pero no contaremos con los resultados de los análisis hasta dentro de varios días.

Esteban se amasó el bigote con la punta de los dedos antes de proseguir.

—En realidad, lo que me tiene más desconcertado es el móvil del crimen. El robo está descartado, puesto que su cartera conservaba toda la documentación y una razonable cantidad de dinero en efectivo. Por tanto, mi pregunta es obligada. ¿Sabía usted si el señor Solsvik se había enemistado con alguien o si había recibido previamente algún tipo de amenaza?

—En absoluto —refuté—. Erick era un caballero y mantenía un trato cordial con todo el mundo.

—Comprendo —admitió Esteban asintiendo con cautela—. Sin embargo, hay un detalle de la investigación que he omitido hasta ahora, y que le confiaré por si pudiera usted arrojar algo de luz sobre el asunto. No obstante, tendrá que ser discreto, pues la noticia estará pronto en todos los medios y hemos de controlar la información que manejan los periodistas.

—Desde luego —convine, ciertamente intrigado por la cuestión.

El comisario carraspeó y, a continuación, bajando la voz como si alguien más pudiera escucharle, dijo:

—Sepa usted que a la víctima le introdujeron en el recto una antena de langosta marina. —Mi rostro debió de reflejar la súbita conmoción—. Aunque eso sí, según el forense, este execrable acto no lo efectuaron hasta después de muerto.

Un denso silencio se deslizó entre los dos. Esteban intuyó por mi reacción que yo podía aportar cierta información al respecto. No se equivocaba.

—El acto que usted ha descrito —expliqué—, constituía un severo castigo impuesto por los primitivos rapanui a todo aquel habitante de la isla que violase la ley del *tapu*. El *tapu* englobaba toda una serie de prohibiciones y preceptos de carácter sagrado, cuya observancia había de cumplirse a rajatabla. Tenga en cuenta que le hablo de una antigua costumbre que no se practica desde hace bastantes siglos.

El comisario se recostó hacia atrás, meditando mi respuesta.

—No habrá mucha gente que pueda saber tal cosa, ¿verdad? Conozco muchas tradiciones rapanui, pero nunca antes había oído hablar de esta.

—En efecto —repuse—. Hoy en día, salvo quizás los más viejos del lugar, esta costumbre solamente se conoce en el ámbito de los especialistas en cultura pascuense.

Esteban se inclinó hacia delante y apuntó mis palabras en un cuadernillo.

—Gracias, Germán. Encuentro dicha información extremadamente valiosa. Y aunque el móvil del crimen aún se nos escapa, resulta evidente que la muerte del señor Solsvik no fue gratuita. Al parecer, su asesino, no satisfecho con haberle dado muerte, se preocupó además de dejar una especie de mensaje.

—¿Venganza? —aventuré.

—O una advertencia —apuntó el comisario—. Piense que al asesino le hubiera convenido mucho más deshacerse del cuerpo arrojándolo por el acantilado. Sin embargo, prefirió abandonarlo en la Cueva de los Caníbales. Apuesto a que quería que lo encontráramos.

De repente, me sentí como un idiota tras haber pasado por alto un detalle que ahora se me antojaba fundamental: la extraña llamada efectuada por Erick la noche anterior, en la cual me anunciaba un presunto gran hallazgo. Inmediatamente se lo hice saber a Esteban, tras contextualizar los hechos acaecidos antes y después. El comisario tomaba nota de todo de forma apresurada.

—¿Se da usted cuenta de que acaba de proporcionarme un probable móvil del crimen?

—Pero ya se lo he dicho, no hay absolutamente nada acerca del supuesto descubrimiento…

—… Al menos que usted sepa.

Me encogí de hombros. Aun siendo cierta la observación del comisario, desde mi punto de vista no existía el menor indicio que avalara un hallazgo de la envergadura que el propio Erick le había atribuido.

—Germán, si no le importa, le haré una breve recapitulación de los hechos —terció Esteban repasando sus notas—. Según su relato, el señor Solsvik abandonó el yacimiento arqueológico a las cinco de la tarde del día de ayer, junto al resto de la expedición, salvo usted, que se quedó trabajando algún tiempo más a solas.

—Así es —afirmé.

—Después dice usted que acudió a la casa de la señorita Hanarahi, con quien previamente había organizado un encuentro. ¿Correcto? —Asentí de forma mecánica—. Y fue allí donde recibió, en torno a las nueve de la noche, la breve llamada que me ha referido. Finalmente, a las once regresó a su residencial, y no supo nada más hasta la mañana siguiente.

»Y lo más importante de todo —acotó—. Según su declaración, Erick Solsvik le dijo que no estaba solo y que, además de a usted, había llamado también al resto de los integrantes de la excavación.

Ratifiqué su relato. Hasta donde yo sabía, aquello era lo que había pasado punto por punto.

—¿Es consciente de que no hemos dado con el teléfono móvil entre los objetos que el señor Solsvik llevaba encima? —reveló Esteban—. En este caso, al asesino sí que le convino deshacerse de una prueba que le pudiese incriminar. A estas alturas, el aparato muy probablemente se encuentre en el fondo del océano.

El comisario dejó a un lado su libreta y tomó una delgada hoja de papel que escudriñó con atención.

—Por lo que tengo entendido, el tercer miembro del equipo es un ciudadano alemán llamado Hans Ottomeyer, que se aloja en el hostal Manavai.

—Sí.

—Bien, me ocuparé personalmente de intercambiar unas palabras con el señor Ottomeyer —señaló—. ¿Y quién más participa en la excavación?

—También colabora con nosotros una joven arqueóloga local: Sonia Rapu.

—Ah, Sonia. La conozco. Una chica muy valiosa. Cursó sus estudios universitarios en Santiago gracias a los sacrificios de su abuelo, su única familia tras la prematura muerte de sus padres. Sonia se licenció hace poco y regresó de inmediato a la isla, incapaz de vivir lejos de este lugar y su mágico influjo. La misma historia se repite, casi de manera infalible, con la mayoría de los nativos que prueban a emigrar.

Esteban esperó a que añadiese algún nombre más.

—Asimismo, el viejo Reinaldo Tepano ejerce de capataz sobre una plantilla de una docena de operarios, todos ellos naturales de la isla —aclaré.

—Reinaldo, por supuesto. Un hombre honrado como pocos, al igual que el resto de su familia —aseveró—. Perfecto, obtendré el listado completo de todos los obreros y mis hombres se pondrán en contacto con ellos para tomarles declaración.

El comisario Villegas cerró su libreta y comenzó a clasificar el torbellino de papeles que poblaban su escritorio.

—No le entretengo más, Germán. Una vez más le agradezco su cooperación. —Una amplia sonrisa certificó su alegato—. Ah, y tenga en cuenta que muy probablemente volvamos a vernos de nuevo, dependiendo del curso que tome la investigación.

Abandoné la comisaría todavía más confuso que como había entrado. De un homicidio fortuito, quizás cometido por un robo frustrado, se había pasado a un asesinato frío e intencionado, ejecutado por oscuras razones que en aquel instante quedaban muy lejos de mi entendimiento.

Sumido en mis pensamientos, comencé a vagar sin rumbo fijo por las calles más céntricas de Hanga Roa, mientras reorganizaba mis ideas y trataba aún de tomar verdadera conciencia de lo ocurrido. Al margen de las gestiones relacionadas con la muerte de Erick que llevaran a cabo las autoridades chilenas, yo tenía que contactar con los responsables de la excavación arqueológica en Oslo, con el fin de averiguar si continuábamos o no adelante con la empresa. Particularmente, no me sorprendería que decretasen un aplazamiento, o incluso su definitiva cancelación, tras la desaparición del líder y alma máter del proyecto.

Pensé que también debía ocuparme de llamar inmediatamente al resto de los miembros de la excavación. De repente, el sonido del teléfono móvil me devolvió a la realidad. Hans Ottomeyer, el geólogo, se me había adelantado. Su voz denotaba preocupación y, sin mediar saludo alguno de cortesía, me preguntó directamente si yo sabía algo acerca de Erick. Los rumores le hacían víctima de un terrible suceso. Evidentemente, la noticia corría como la pólvora por la pequeña isla, y en muy poco tiempo estaría en boca de todos.

Cuando le confirmé la noticia, Hans se quedó sin palabras, y durante unos segundos ni siquiera se oyó el sonido de su respiración. Yo aproveché el momento para mirar alrededor, tratando de localizar una cafetería que me sirviera de refugio.

—Hans, lo mejor sería vernos y hablar en persona de todo esto. Te espero en la cafetería Tavake, en la calle Atamu Tekena. No tardes, por favor.

Acto seguido llamé a Sonia Rapu. La joven arqueóloga ya conocía la noticia y no daba crédito. Claramente afectada, apenas le brotaba de la garganta un hilo de voz. Traté de calmarla y aproveché también para citarla en la cafetería. Antes de despedirme, le pedí que si podía, avisara también a Reinaldo Tepano, el capataz de la excavación.

Entré en la cafetería y agradecí de inmediato la suave ráfaga de aire acondicionado que se adhirió a mi piel sudada como un guante de terciopelo. Me alejé de la clientela y escogí la mesa más apartada que había. La camarera se acercó esgrimiendo una amable sonrisa y depositó en mis manos una suculenta carta de cafés, sándwiches y helados. Todavía sin apetito pero bastante sediento, me limité a pedir un botellín de agua fría.

Esperaba que aquella improvisada reunión con el resto de los miembros del equipo contribuyera a esclarecer un poco más lo sucedido la noche anterior.

Hans fue el primero en llegar. Nos propinamos un torpe y desganado abrazo, y después tomó asiento a mi lado, aguardando a que yo tomara la iniciativa de la conversación. El geólogo alemán tenía unos cuantos años menos que yo, pero sus pronunciadas entradas a ambos lados de la cabeza insinuaban justo lo contrario. Su constitución enclenque y unas gafas de cristal grueso le conferían el aspecto del típico ejemplar de ratón de biblioteca.

—Lo que ha pasado es horrible —comenté para romper el hielo.

—Un espanto —corroboró Hans. Su español era muy correcto y su acento no se le marcaba en exceso. Como en todo lo que hacía, era tremendamente perfeccionista—. ¿Cómo es posible? Nos habían garantizado que este lugar era cien por cien seguro, a cualquier hora del día o de la noche.

—Hans, he estado hablando con el responsable policial de la investigación, y todo indica que el robo no fue el móvil del crimen. Parece que el asunto es bastante más complicado que eso.

A continuación le referí la extraña llamada de Erick y le narré el contenido de nuestra conversación. Hans frunció el ceño, más confundido aún de lo que ya se sentía. Aquellas eran las primeras noticias que tenía acerca del supuesto hallazgo arqueológico.

—¿Entonces a ti no te llamó? —pregunté.

—En realidad sí que lo hizo —replicó Hans—, pero había desconectado el teléfono porque quería descansar. No fue hasta esta mañana que vi su llamada perdida. El registro indica que me llamó a las nueve menos veinticinco de la noche.

La primera llamada de Erick, a la cual no contesté, coincidía con aquella hora. Los tiempos parecían encajar.

—¿Notaste algo raro en Erick aquel día?

—No... —Hans hizo una pausa y meditó mejor su respuesta—. Bueno, lo cierto es que cuando regresamos de la excavación, Erick se despidió rápidamente de nosotros, como si tuviese mucha prisa por estar en otro sitio.

En aquel momento, Sonia apareció en escena visiblemente afligida. Sus ojos hinchados denotaban que había derramado más de una lágrima por la tragedia. A decir verdad, Sonia casi no se había separado de Erick durante el transcurso de las excavaciones, pues la oportunidad de aprender directamente de la mayor eminencia en cultura rapanui constituía un lujo que no habría podido permitirse dejar pasar.

La arqueóloga nos besó en la mejilla y se sentó a la mesa junto a nosotros. De rostro afilado y piel bruñida, no atesoraba la belleza de otras jóvenes rapanui, aunque no por ello resultaba menos atractiva, pues la inteligencia y el buen gusto suplían con creces otras supuestas carencias. Sonia solía recogerse un moño detrás de la cabeza y muy rara vez gustaba de lucir su melena suelta.

De entrada, comentó que no había podido avisar a Reinaldo Tepano porque el viejo capataz no tenía teléfono móvil y en el fijo no le había localizado. Después pasamos varios minutos recordando al bueno de Erick, lamentando su pérdida y también honrando su memoria con un sinfín de halagos sobradamente merecidos. Erick poseía un gran carisma, y los quince días que llevábamos en la isla habían bastado para dejarles a Hans y Sonia una profunda huella. Todos coincidimos en que su férrea disciplina no era incompatible con su contagiosa pasión por el trabajo, y con el justo trato que siempre nos había dispensado a cada uno de nosotros.

—Parece mentira —murmuró Sonia—. Además, anoche mismo estuve hablando con él.

Hans y yo nos miramos inmediatamente de reojo.

—Entonces, ¿a ti también te llamó? —pregunté.

—Sí, en algún momento antes de las nueve —afirmó, y a continuación entrecerró los ojos adoptando una pose pensativa—. A decir verdad, fue una llamada muy extraña. Sonaba entusiasmado y hablaba de un increíble hallazgo que nos haría mirar de manera distinta tanto el pasado de la isla como el de la propia humanidad.

Quería que me reuniese con él en ese mismo instante, pero yo no podía. Me había comprometido a ayudar a mi abuelo a organizar las tradicionales fiestas del Tapati. Además, no le encontraba sentido a lo que decía, y me convencí de que yo era el blanco de una broma pesada de la que todos formabais parte. Por supuesto, ahora me doy cuenta de que estaba equivocada. —Sonia bajó la mirada—. Quién sabe si de haber acudido, Erick aún seguiría con vida.

—No te tortures —señaló Hans—. También podría haber ocurrido que le hubieses acompañado en su aciago final.

Sonia se estremeció solo de pensarlo. Se cubrió el rostro con las manos y reprimió nuevamente las ganas de llorar. Hans hizo amago de consolarla rodeándola con el brazo, pero en el último momento pareció echarse atrás. Hasta aquel instante no había reparado en el modo en que el alemán miraba a la joven rapanui.

—Esta mañana estuve en el yacimiento, y todo estaba tal y como lo dejamos el día anterior. No hay nada que sugiera un supuesto descubrimiento —aclaré—. Así que no sabemos a qué pudo haberse referido Erick. Además, he de deciros que el comisario Villegas se ha hecho cargo de la investigación y seguramente os hará algunas preguntas. Colaborad con él en todo lo que os pida, y confiemos en que las autoridades atrapen al responsable del crimen lo antes posible.

Hans me observó con vacilación y apartó los ojos en cuanto confronté su mirada. Después abrió la boca dos o tres veces seguidas, como un pez fuera del agua que se estuviese a punto de asfixiar.

—¿Qué ocurre, Hans?

El geólogo alemán tomó aire y dejó escapar el pensamiento que le atenazaba la garganta.

—No te ofendas, Germán —señaló. Su voz sonaba tan baja que resultaba casi inaudible—. Antes me preguntaste si ayer había notado algo raro en el comportamiento de Erick. Pero si quieres que te sea sincero, en realidad fue a ti a quien percibí ligeramente nervioso.

Sonia asintió de forma imperceptible, dando a entender que ella también comulgaba con aquella apreciación.

Obviamente, ambos estaban en lo cierto, aunque mi nerviosismo se debía en realidad a la confesión que aquella misma mañana me había hecho Hanarahi, cuyo contenido prefería conservar en el ámbito de lo privado. Más adelante, llegado el momento oportuno, yo mismo les haría partícipes de la sorprendente e inesperada noticia.

—Uno de mis hijos ha enfermado —mentí—. Por eso andaba un poco preocupado. Pero hoy mi esposa me ha dicho que ya se encuentra mucho mejor.

El color volvió a las mejillas de Hans, y Sonia recuperó la sonrisa dándose por satisfecha.

—¿Y qué ocurrirá con la excavación? —apuntó el geólogo alemán cambiando de tema.

—Lo desconozco —confesé.

—No la irán a cancelar, ¿verdad? —intervino Sonia alarmada.

Según pronunciaba la frase, se le cayó el pañuelo al suelo. Hans se apresuró a recogerlo como si le fuese la vida en ello, golpeándose dos veces la cabeza contra la mesa. Desde luego, al pobre Hans no se le notaba muy ducho en el papel de conquistador.

—Aguardemos acontecimientos —dictaminé—. Os mantendré al corriente tan pronto yo mismo lo sepa.

Pasé media tarde escribiendo correos electrónicos a los responsables institucionales de la excavación, lamentando la tragedia y también solicitando instrucciones acerca del devenir inmediato del proyecto. También dediqué largo rato a hablar, vía telefónica, con mi familia en España. Mi mujer, que conocía personalmente a Erick desde hacía varios años, se disgustó mucho al conocer la noticia. Empleé varios minutos en calmarla y le confirmé repetidas veces que el suceso revestía un carácter totalmente excepcional. No había motivo alguno para preocuparse por mi seguridad dentro de la isla. Asimismo, tuve ocasión de saludar a mis dos pequeños de tres y cuatro años de edad, cuyas voces y risas me inspiraron cierta paz, aunque casi ni les entendí porque ambos se empeñaron en hablarle al teléfono de manera simultánea.

No pronuncié ni una sola palabra acerca de Maeva. Desde luego, aquel no parecía ser el momento más oportuno para presentarla en sociedad.

También dediqué un tiempo a reflexionar acerca del asesinato de Erick, perdiéndome en infructuosas elucubraciones y en teorías conspirativas que no me condujeron a ninguna parte. Los testimonios de Hans y Sonia vinieron a confirmar las palabras del antropólogo noruego. Ciertamente, la noche de autos no solo me había llamado a mí, sino también a los otros miembros del equipo. No obstante, había algo que no encajaba con los hechos, pues durante nuestra conversación Erick me confirmó que para entonces ya había alguien con él, aunque no llegó a revelarme su identidad porque la llamada se cortó en aquel preciso momento. A falta de conocer la declaración del capataz, aquello solo podía significar que, o bien alguien mentía, o que la persona que hacía compañía a Erick no pertenecía al círculo más estrecho de los integrantes de la excavación.

A media tarde me asaltó un profundo sentimiento de desasosiego como no recordaba haber experimentado en toda mi vida. Invadido por la náusea, sentí que me faltaba el aire y que mis pulmones se encogían, superado por la magnitud de la tragedia y por el dolor de la repentina pérdida de un colega y amigo, de quien tanto había aprendido y al que tanto debía. Aquel sentimiento se vio sin duda agudizado por la imposibilidad de escapar o de poner tierra de por medio. Durante aquellos instantes sentí en carne propia lo que durante tantos siglos debieron haber padecido los antiguos habitantes de la isla. Lo que se decía era absolutamente cierto: aquella intensa sensación de aislamiento que podía llegar a provocar la Isla de Pascua no encontraba parangón en ningún otro rincón del planeta.

Los minutos se hacían eternos y ya no sabía cómo matar las horas. Me apetecía estar solo pero al mismo tiempo necesitaba compañía. Ansiaba salir pero tampoco quería abandonar la seguridad que me proporcionaba el residencial. Mi estado de confusión era evidente, muy acorde con los nervios que me habían asaltado de improviso.

Finalmente, recibí la respuesta en cuanto dejé de estrujarme el cerebro. Mi corazón, mucho más resuelto, no vaciló un instante en indicarme el camino.

Acudí al encuentro de Maeva como una embarcación a la deriva que busca su faro entre la niebla. Por la mañana el comisario nos había interrumpido y yo había prometido buscarla después en cuanto pudiera. ¿A qué otra cosa podía dedicar mi tiempo mejor que a estrechar lazos con mi hija?

Hanarahi se alegró de mi visita y se solidarizó inmediatamente conmigo por lo ocurrido. La terrible noticia del crimen ya había llegado hasta sus oídos. Maeva acudió rauda a la llamada de su madre, y tan pronto la abracé, enseguida comprobé que no podía existir mejor bálsamo que su mera compañía. Su franca sonrisa bastó por sí sola para levantar en buena medida mi catastrófico estado de ánimo.

—¿Por qué no salís a dar un paseo? —sugirió Hanarahi, que perseguía que entre Maeva y yo se estableciese el mismo clima de complicidad que había reinado por la mañana—. La única condición que os pongo es que estéis de vuelta antes del ocaso.

Enfilamos la avenida Policarpo Toro sin tiempo que perder, ignorando el desfile de transeúntes, entre lugareños y turistas, que circulaban a nuestro alrededor envueltos en la suave brisa vespertina. Maeva se mostraba demasiado contenida, y pese a que no me apetecía hablar, le pregunté un par de cosas para que recuperásemos de nuevo el mismo grado de confianza que habíamos alcanzado en la excavación. Asimilar la existencia de un padre que nunca has tenido y al que nunca creíste que pudieses llegar a conocer no debe resultar fácil para nadie, y menos para una niña de diez años.

Algunas sencillas preguntas acerca del colegio y sus amigos bastaron para que Maeva se desprendiese de su caparazón y se mostrase como la niña extrovertida que era. Durante varios minutos llevó el peso de la conversación y me narró con pelos y señales todas y cada una de las aventuras que había protagonizado durante su corta pero intensa vida. Después charló acerca de otras trivialidades y de sus progresos en la escuela. Yo me limitaba a escuchar y a asentir de vez en cuando, procurando refugiarme en su voz y en su inocente mirada de niña.

Al poco rato llegamos a la plaza de Hotu Matua, frente a la caleta de Hanga Roa, lugar donde un par de *moai* de los considerados más «pequeños» reposaban sobre el *ahu* Tautira, luciendo sus habituales muecas altivas, cuando no directamente desaprobadoras. Nos sentamos sobre un pedestal de piedra ligeramente recalentado por el sol, desde donde avistábamos el omnipresente océano forrado de colores claroscuros.

Maeva no pasó por alto que mi grado de participación en la conversación continuaba muy por debajo de lo deseable, debido a mi notable estado de abatimiento. No obstante, mi hija no se dio por vencida, y demostrando gran astucia, cambió radicalmente de tema llevándome al terreno de la arqueología, donde sabía que un simple empujoncito bastaría para hacerme hablar por los codos.

—¿Qué misterios rodean a los *moai*? —me preguntó.

Pese a que su pregunta respondía a una estrategia para hacerme hablar, advertí que más allá de su loable objetivo, el interés de Maeva por el enigmático pasado de su pueblo era totalmente genuino.

No le hizo falta insistir para que me arrancase con uno de mis discursos:

—Antes de nada, hay que hacerse una pregunta para la que hasta el momento no tenemos una respuesta cierta. ¿Qué empujó a los primitivos pobladores a conjurarse para construir *moai* de manera casi obsesiva? Unos dicen que los indígenas idolatraban aquellas efigies como si fueran sus dioses, o también que servían de puente para comunicarse con ellos. La tesis más extendida, sin embargo, sostiene que las estatuas representaban a los jefes tribales de los nativos de la isla; teoría no aceptada por algunos, por cuanto las esculturas, lejos de reflejar características específicas, comparten en su lugar patrones muy similares que no permiten su individualización.

»En Pascua se han contabilizado cerca de un millar de *moai*. Muchos están distribuidos en los *ahus* de la costa; otros, dispersos a los pies del Rano Raraku; y un importante número se encuentra en la propia cantera, en ambas caras del labio del volcán. Cuando los primeros arqueólogos visitaron aquel extraordinario taller al aire libre, se estremecieron ante el desolador panorama que tuvieron ocasión de contemplar. Miles y miles de hachas de piedra yacían olvidadas junto a las imponentes esculturas que brotaban de la ladera del volcán, como si la frenética actividad de los primitivos habitantes hubiera cesado de repente.

»Hoy en día, al menos, sabemos cómo fueron esculpidos los *moai*, porque en la enorme cantera todavía reposan cientos de ellos a medio hacer, en sus distintas etapas de construcción. Un proceso que sin duda hubo de suponerles un trabajo largo y agotador, debido a la gran dureza de la roca y a las herramientas usadas, aquellas rudimentarias azuelas que apenas lograban arrancar un surco de escasos milímetros a la piedra tras varios golpes dados a conciencia.

»Los antiguos canteros delimitaban primero la forma y tamaño de la estatua, para lo cual abrían dos canales junto a los costados, desde donde procedían a tallar la cabeza, las orejas y el cuerpo del coloso. A continuación excavaban el dorso hasta que la espalda de la estatua asimilaba la forma de una quilla de barco, que se convertía en el único punto de unión con el manto de roca. Separar la quilla de la ladera del volcán sin que la escultura se quebrase era uno de los trabajos más delicados. Luego pulían la estatua y la remataban hasta los últimos detalles. El porqué no transportaban primero el bloque de roca para tallarla *in situ* en el lugar donde tenía que ser erigida continúa siendo un misterio. Eso hubiese sido mucho más lógico, pero lo cierto es que después eran capaces de trasladar los *moai* por las inclinadas laderas del volcán y los suelos pedregosos sin causarles ningún desperfecto.

»Y he aquí el gran enigma. ¿Qué sistema de ingeniería utilizaron para trasladar aquellos colosos de piedra a puntos tan alejados de la isla, algunos de ellos a más de dieciséis kilómetros de la cantera de origen? Se podría admitir el transporte de los *moai* considerados más «pequeños», pero... ¿Y el de aquellos que alcanzan los diez metros de altura y las ochenta toneladas de peso? La estatua más grande de la isla, que yace aún sin terminar en la ladera del volcán, mide veintiún metros, el equivalente a un edificio de siete plantas, y pesa aproximadamente ciento cincuenta toneladas...

»Incluso a la hora de erigir a los *moai*, tampoco se conformaron con clavarlos en un hoyo, sino que algunos de ellos fueron alzados sobre los *ahus*, dos o tres metros por encima del nivel del suelo.

»Pero las complicaciones no acababan ahí. Todavía faltaba coronar la estatua con el *pukao,* esa especie de sombrero o penacho en forma de cilindro que esculpían en otro cráter de la isla situado a once kilómetros de distancia del Rano Raraku. Resulta evidente que si hubieran tallado el *pukao* —cuyo peso medio rondaba las diez toneladas— en el mismo bloque con el resto de la figura, se habrían ahorrado muchísimas dificultades. Por eso se cree que el color rojizo de la roca de la cual eran extraídos debió poseer para ellos una especial significación.

Maeva sacó a relucir el particular tic que había heredado de mí. Pestañeó y a continuación abrió los ojos como si fuesen a salírsele de las órbitas.

—¿Y sabremos algún día lo que ocurrió en aquella época? —inquirió.

—Me temo que la prehistoria de la isla permanecerá siempre oculta bajo un manto de silencio, impuesto por el propio paso del tiempo y la ausencia de un legado dejado por escrito.

***

Año 417 d. C.
Isla de Hiva

Hotuiti, convertido ya en Hotu Matua de manera definitiva, había cumplido los treinta y cinco años de edad como si fuese un hijo más del ariki de la isla. En aquellos instantes, sin embargo, reinaba cierta confusión y la situación no podía resultar más convulsa.

El ariki acababa de morir, y su primogénito Oroi, que siempre había sentido una profunda enemistad hacia su hermanastro Hotu Matua por considerarlo un hijo bastardo, pretendía su expulsión de la isla pese a la oposición de su entorno más cercano. Pero a Hotu Matua le preocupaba aún más otro hecho que había venido observando durante los últimos años, y era la desmesurada crecida de las aguas que poco a poco, y cada vez con mayor contundencia, le iban ganando terreno a la superficie de la isla, poniendo en serio peligro su permanencia a medio y largo plazo. Las crónicas que narraban la desaparición de islas —incluso continentes enteros—, absorbidas por la inconmensurable voracidad del océano, se transmitían de generación en generación con la convicción de tratarse de hechos empíricamente ciertos.

A la vista de la situación, Hotu Matua reunió a doscientos de sus seguidores y les comunicó que el dios Make-Make, a través de un sueño, le había mostrado la existencia de una isla deshabitada que se hallaba rumbo al Este. El viaje, tremendamente largo, entrañaba sus riesgos. Pero si alcanzaban su destino, gozarían de la paz de un lugar a salvo de intromisiones y protegido del poderoso ímpetu del océano gracias a sus altos acantilados.

Hotu Matua había recurrido a la estratagema del sueño porque nunca había revelado a nadie su estancia de niño en aquella remota isla, y tampoco deseaba tener que hacerlo ahora. Aquella etapa y el recuerdo de los extraordinarios pobladores que se ocuparon de él y le transmitieron su sabiduría serían un secreto que perviviría únicamente en su memoria.

Dos enormes piraguas dobles fabricadas a base de juncos, y en cuyo puente se hallaba la cámara real, dejaron atrás la pequeña isla de Hiva, iniciando el largo periplo que les conduciría hacia la tierra prometida, que a la vista del ancho mar parecía encontrarse en mitad de ninguna parte.

Hotu Matua, que conocía bien las características de Pascua, había planificado la colonización hasta el último detalle. Y para hacer la isla más habitable había decidido dotarla de nuevos recursos. Las piraguas iban cargadas de brotes de árboles, plantas y aves de corral. No todas las semillas arraigarían en la árida tierra de la isla, pero otras como el ñame, la banana o la caña de azúcar pasarían a formar parte indisoluble de su paisaje, junto a las inestimables gallinas domésticas.

Las piraguas desembarcaron en la bahía de Anakena, momento en que Hotu Matua pasó a convertirse por derecho propio en el primer ariki de la Isla de Pascua.

La isla se encontraba desierta, excepto por aquellas formidables esculturas labradas en piedra que llamaron inmediatamente la atención de los pobladores polinesios. Los moai se habían convertido en testigos silenciosos de un pasado inaudito que escapaba por completo a su comprensión.

Hotu Matua se hizo rápidamente cargo de la situación, y les explicó a sus seguidores —según nuevas revelaciones recibidas a través del dios Make-Make— que una antigua civilización ya desaparecida había erigido aquellas estatuas para proteger la isla de amenazas exteriores. Ellos, por tanto, debían continuar el grandioso legado dejado por los primitivos pobladores, y esculpir más estatuas con aquel mismo fin.

Nadie, desde luego, cuestionó el criterio de su ariki, cuya sabiduría e inteligencia se hallaban fuera de toda duda.

Por si no fuese suficiente, Hotu Matua se perforó los lóbulos de las orejas y se introdujo fragmentos de madera para alargarlas de manera artificial, imitando así el singular aspecto de las orejas de las estatuas. Enseguida el resto de la expedición imitó el gesto de su rey, costumbre que se practicaría con los niños desde la cuna, y que se haría extensiva de padres a hijos hasta convertirse en un sello distintivo de los descendientes de Hotu Matua, conocidos como hanau eepe u «orejas largas».

Tan pronto se establecieron en la isla y se ocuparon de satisfacer sus necesidades más vitales, la cantera del Rano Raraku volvió a cobrar vida de nuevo, llenando el silencio con el hipnótico sonido de las primitivas azuelas de piedra. No obstante, al principio todo fueron dificultades. Los escultores polinesios eran muy diestros en el cincelado de tallas pequeñas, pero la tarea de esculpir grandes *moles representaba un desafío totalmente nuevo para ellos. De entrada, tuvieron que renunciar a fabricar estatuas de más de tres metros de altura y diez toneladas de peso, pues de lo contrario, su transporte hasta la ubicación definitiva les habría resultado imposible. El primer moai no presentó precisamente un acabado perfecto, y su transporte a lo largo de la ladera, ayudados de sogas y rodillos y en el que intervinieron todos y cada uno de los hombres de la isla, resultó ser un auténtico calvario. Sin embargo, una vez que lo erigieron en el sitio designado, la satisfacción y el sentimiento de unidad que provocó semejante gesta compensó con creces el esfuerzo realizado y les convenció de que podrían lograrlo de nuevo si ponían todo su empeño en la tarea. Hotu Matua les felicitó de corazón y se sintió especialmente orgulloso de todos ellos, sabedor de que su pueblo nunca podría efectuar el traslado del modo en que lo hacían los habitantes originarios de la isla.*

Hotu Matua localizó la caverna donde se conservaban las tablillas jeroglíficas dejadas allí por la anterior civilización, y él mismo se ocupó de instruir a un grupo de iniciados en los secretos de la escritura. A partir de aquel momento ellos mismos se encargaron de plasmar sus propias crónicas y relatos, y de esa manera dejar constancia escrita de su historia y su cultura.

Con el transcurso de los siglos, de la civilización originaria se borró todo vestigio, siendo completamente anulada y asimilada por la migración polinesia posterior.

Tras la muerte de Hotu Matua, sus descendientes respetaron y dieron continuidad al legado iniciado por su admirado ariki, levantando más moai y perpetuando el sistema de escritura, adaptando su simbología a las características de la propia isla.

Los siglos se sucedieron y el pueblo rapanui alcanzó elevados índices de prosperidad. Durante esta época de esplendor, instauró su propio sistema de gobierno, concibió sus tradiciones y mitología, y desarrolló una riquísima cultura única en todo el mundo, debido a su particular situación de aislamiento.

Todo ello hasta que en torno al siglo XIII, un nuevo acontecimiento cambiaría para siempre el curso de su historia...

***

No nos habíamos movido de la plaza de Hotu Matua, pese al molesto viento que se había levantado y que nos azotaba de costado con asombrosa insistencia. La playa de Pea, la única de Hanga Roa, se extendía apacible ante nuestra vista, ya prácticamente desierta a aquellas horas de la tarde. Se trataba en realidad de una delgada franja de arena cuyo excelente oleaje favorecía la práctica del surf, así como del buceo que algunas agencias promovían entre los turistas.

Maeva observaba hipnotizada el cuadro de malvas y azules que conformaba la caleta de Hanga Roa, cuya respiración era el rumor del mar y su latido el estallido de las olas contra los acantilados.

—Otro interesante dato sujeto a debate —expliqué—, parte de la idea expresada por varios investigadores, que coinciden en señalar la pertenencia de las estatuas a dos épocas muy diferentes. Desde el punto de vista de dichos expertos, existe un grupo de esculturas de estilo refinado y elegante y de pulido mucho más notable, que corresponderían a una primera época; mientras que otras, del segundo periodo, presentan un acabado menos exquisito, así como formas más toscas y decadentes, como si hubiesen sido obra de otra población. Esta observación apoyaría la tesis de dos migraciones distintas, y de que entre una y otra la cantera habría estado sujeta a un largo periodo de inactividad.

Maeva torció el gesto de la cara, como si tratara de encajar las piezas de un puzle imposible de resolver.

—Hay algo que no comprendo —señaló—. Para conocer el secreto de cómo se transportaron los *moai*, ¿no les habría bastado a los arqueólogos con habérselo preguntado a los propios rapanui?

La pregunta estaba cargada de toda lógica.

—No te falta razón, Maeva —repliqué—. Y eso mismo fue lo que hicieron. Pero para entonces ni siquiera los propios rapanui lo sabían. A finales del XIX, cuando etnólogos y antropólogos comenzaron a interesarse por el misterioso pasado de la isla, ya era demasiado tarde. Poco antes, a mediados del mismo siglo, la población rapanui estuvo al borde de la extinción por culpa de los primeros contactos con el exterior y, trágicamente, la memoria de sus antepasados se acabó perdiendo para siempre.

»Con el tiempo, los rapanui supervivientes fueron reinventando su propia historia a base de leyendas y una endeble tradición oral poco fidedigna, que por desgracia hacía referencia a un pasado demasiado reciente. En relación a los *moai*, cuenta la leyenda que las gigantescas estatuas nunca fueron transportadas, sino que estas en realidad se desplazaban por sí solas.

—Pero eso no es posible —replicó Maeva.

—Desde luego que no —convine—. ¿Pero sabes qué? Hay quien atribuye el origen de la leyenda al hecho de que, cuando tus ancestros llegaron por primera vez a Pascua, los colosos de piedra ya estaban allí...

El atardecer se abatió sobre la isla y cubrió el cielo de un velo llameante del color de las brasas ardientes.

—Es tarde. Regresemos a casa antes de que hagamos enfadar a tu madre.

Maeva chasqueó la lengua en señal de protesta, pero no cuestionó mi autoridad.

—Mañana nos volveremos a ver —prometí.

Maeva sonrió y después me abrazó con todas sus fuerzas, como si aún no diese crédito a que su padre estuviese verdaderamente allí, llenando un vacío que siempre había sentido y que ninguna otra persona en el mundo podría haber sido capaz de suplir.

CAPÍTULO TERCERO

DOMINGO

Tangata manu: El título de *tangata manu* —hombre pájaro— correspondía al ganador de una ceremonia anual en la que los jefes de los distintos clanes, o sus representantes, competían por obtener el primer huevo de *manutara*. Se cree que el culto al hombre pájaro sustituyó a la religión vinculada a los *moai* a partir del siglo XVII, tras las guerras tribales que asolaron la superficie de la isla. El *tangata manu* aparece representado en numerosos petroglifos, con su característica morfología de cuerpo de hombre y cabeza de pájaro.

Me levanté bastante más tarde de lo que era habitual en mí. Apenas había podido pegar ojo en toda la noche, acosado por el recuerdo de la cabeza destrozada de Erick a un palmo de mis ojos. En cualquier caso, aquel domingo tampoco tenía ningún compromiso temprano, salvo acudir a la misa que el párroco celebraría en su memoria a las doce del mediodía.

El residencial donde me hospedaba era una enorme casa dividida en dos alas diferenciadas: una para los huéspedes, integrada por cinco habitaciones, y la otra, más reducida, destinada a la familia de los propietarios. El lugar era modesto y carecía de lujos extraordinarios, pero a cambio lucía siempre impoluto, y el trato cálido y cercano que brindaban sus dueños resultaba incomparable. En algunas ocasiones, incluso, invitaban a los huéspedes a participar de ciertas actividades familiares, para que conociesen de primera mano las costumbres del pueblo rapanui.

Gloria Riroroko era el alma del residencial. La buena señora, siempre presente, solía ocuparse de casi todo, mientras que su marido obtenía un dinero extra organizando excursiones para los turistas que se alojaban bajo su techo. Las hechuras de doña Gloria hacían de ella una rapanui tremendamente voluminosa, particularidad que no le impedía trabajar con gran soltura y mejor dedicación.

Tras una revitalizadora ducha, sentí que el hambre me aguijoneaba con insistencia tras prácticamente no haber probado bocado la jornada anterior. Un abundante desayuno a base de mermeladas de fruta de la isla, la especialidad de la casa, saciaría ampliamente mi apetito.

—Buenos días, don Germán. —Gloria, como buena rapanui, tenía siempre una sonrisa que regalar a cualquier hora del día o de la noche. Tan solo el día anterior sustituyó su característico gesto risueño por unas palabras de consuelo por la pérdida de mi colega y amigo.

—Buenos días —repliqué—. Póngame usted su desayuno estrella, por favor. Y añádale un café bien cargado.

—No tiene buena cara. ¿Acaso le han molestado los *aku-aku*?

Los *aku-aku* eran los espíritus protectores de los territorios sagrados de la isla, que a veces se ensañaban con los extranjeros si transgredían dichos lugares, y también con los propios lugareños, normalmente causándoles molestias durante la noche, o incluso provocándoles desgracias de todo tipo según la gravedad del asunto. La primera vez que doña Gloria se refirió a los *aku-aku* no pensé que hablara en serio, pero enseguida me di cuenta de que estaba equivocado. Sorprendentemente, todavía muchos rapanui seguían creyendo en aquellos seres ancestrales, al igual que en otras muchas tradiciones de índole supersticiosa.

—Hoy tampoco me han molestado —repuse—. Deben de saber que aunque me dedico a la arqueología, lo hago sintiendo un profundo respeto por las reliquias de su pasado.

Gloria me dedicó una sonrisa cómplice y se perdió en la cocina.

El comedor estaba desierto. El resto de los huéspedes había partido bien temprano en la mañana para recorrer la isla y aprovechar hasta la última luz del día. Dadas las circunstancias, desayuné en un sepulcral silencio, únicamente interrumpido casi al final por el tañido de las campanas que avisaban de la proximidad de la misa.

Abandoné el residencial y ascendí a pie por la avenida Te Pito o Te Henua, una vía de tierra rojiza sin asfaltar, en cuyo extremo más alto se alzaba la iglesia parroquial, rematada por una sobria cruz blanca que coronaba un tejado a dos aguas. Los habitantes de la isla, ataviados con sus mejores galas y ungidos en exóticas fragancias, se dirigían hacia el templo como si acudiesen a un acto social más que a una ceremonia de naturaleza religiosa. Entre la muchedumbre tampoco faltaban algunos turistas, pues la popular misa dominical cantada en rapanui constituía un evento de visita obligada en la isla.

Antes de acceder al interior, me detuve frente a una pequeña parcela perteneciente al antiguo cementerio, situada en un costado del templo, donde se encontraba la tumba del primer misionero de la isla: el francés Eugène Eyraud. El epitafio inscrito en su lápida, decía:

> *«La Isla de Pascua al hermano*
> *Eugène Eyraud, que de obrero*
> *mecánico pasó a ser obrero de Dios,*
> *conquistando la Isla para Jesucristo.»*

Yo conocía bien la historia del misionero francés por su papel en el hallazgo de las tablillas *rongo-rongo*, portadoras de la misteriosa escritura jeroglífica. Sin ser particularmente religioso, no me costaba admitir que sentía una gran admiración por él, ya que fue el primer occidental que se aventuró a convivir con los nativos de la isla, allá por la segunda mitad del siglo XIX.

Pese a encontrarse de espaldas a mí, reconocí a Sonia Rapu por el característico moño que se cosía a la coronilla. La llamé y procuré esbozar una dócil sonrisa que pretendía desdramatizar la rigidez del momento. La joven arqueóloga me brindó un afectuoso saludo al cual correspondí francamente conmovido, y a continuación le agradecí varias veces que hubiese acudido al responso de Erick. Felizmente, la noté bastante más entera que la tarde anterior en la cafetería. A Sonia la acompañaba un hombre a quien tomé por su padre, pero que en realidad se trataba de su abuelo, como tuve ocasión de averiguar cuando nos presentó. Se llamaba Tulio y había cumplido los sesenta, pero gozaba de una excelente salud, así como de una forma física envidiable que ya querría para mí dentro de veinte años.

El abuelo de Sonia me transmitió sus condolencias y después se excusó para entrar en la iglesia, dejándome a solas con su nieta.

—¿Sabías que mi abuelo forma parte del Consejo de Ancianos? —señaló Sonia con evidente orgullo.

El Consejo de Ancianos era una institución formada por nativos de la isla, cuya tarea principal consistía en asesorar a las autoridades políticas del país con el fin de proteger el patrimonio cultural, las tradiciones y la lengua del pueblo rapanui. En fechas muy recientes, por ejemplo, la intervención del Consejo de Ancianos había contribuido a abortar los ambiciosos planes de un poderoso conglomerado empresarial que había seducido a las autoridades con un proyecto que incluía privatizar el parque nacional Rapa Nui, así como construir lujosas infraestructuras de recreo para fomentar el turismo de alto nivel a costa de los isleños, que habrían sufrido un alza en los precios de sus servicios más elementales.

—Mi abuelo, además, tiene asignado unos de los símbolos más importantes —prosiguió explicando Sonia—: el del *moai*.

—¿Cómo? —No entendí a qué se refería.

—Verás, a nivel interno, a cada uno de los miembros del Consejo de Ancianos se le asigna un símbolo de los muchos que conforman el universo rapanui.

Asentí. El sistema era similar al usado por la Real Academia Española, en virtud del cual a cada uno de los académicos se le asignaba una determinada letra del alfabeto.

Decidimos ir entrando en la iglesia para evitar quedarnos sin sitio, pues esa mañana había más concurrencia de lo acostumbrado. Sonia debió de apiadarse de mi soledad y se sentó a mi lado en uno de los últimos bancos. Su abuelo se había unido a otros isleños, sin dar muestras de que fuese a echarla de menos durante el servicio religioso. Barrí el lugar con la mirada en busca de Hans, pero no había ni rastro del geólogo alemán, que al parecer había decidido no acudir al acto. En las primeras filas, sin embargo, sí que logré distinguir a Reinaldo Tepano, con quien aún tenía una conversación pendiente. Decidí abordar al capataz de la excavación cuando concluyera la ceremonia.

Las ventanas laterales proyectaban polvorientos haces de luz sobre la estrecha nave, por lo demás, exageradamente austera para los cánones habituales que solían regir en el común de las iglesias católicas. Merecía la pena destacar, no obstante, las tallas de madera dispuestas a lo largo del perímetro del templo, esculpidas por artistas de la propia isla, las cuales constituían un magistral ejemplo de sincretismo religioso entre mitología pascuense y cristianismo. La imagen de Santa María de Rapa Nui, considerada popularmente como la patrona de la isla, era una perfecta muestra de aquella singular unión. Sobre la cabeza de la Virgen reposaba el *manutara*, una gaviota que siglos atrás dio origen al culto del hombre pájaro, y que ahora hacía las veces de Espíritu Santo adaptado a las tradiciones de la isla. Asimismo, resultaba evidente que el rostro de la Virgen, de ojos redondos y mirada penetrante, encerraba una clara similitud con el ancestral dios *Make-Make*. Incluso el perfil del Niño

Jesús que sostenía en sus brazos inmortalizaba los rasgos más clásicos de los *moai*.

El sacerdote apareció por fin en escena, momento en que se acalló todo rastro de conversaciones y murmullos. Los presentes nos pusimos en pie, respondimos a su protocolario saludo y nos persignamos con ánimo diligente. La ceremonia, sin embargo, se paralizó de repente a voluntad del sacerdote, que interrumpió la liturgia para observar atentamente la puerta de entrada. Todos los fieles que abarrotábamos la iglesia nos giramos y miramos en aquella dirección.

Un anciano encorvado, apoyado en un bastón pero sostenido en realidad por dos o tres familiares que le ayudaban a dar cada uno de sus lastimosos pasos, emergió al fondo del templo como si fuese una aparición. Me impresionó su rostro apergaminado, pero, sobre todo, el gran esfuerzo que debió de haberle supuesto desplazarse hasta la iglesia. Nadie en su sano juicio, ni siquiera el propio sacerdote, podría haberle reprochado el haber llegado tarde.

—Es Simeón Pakarati —me aclaró Sonia entre susurros—. Le llaman Simeón «el Eterno» porque es el habitante más longevo de la isla. Tiene ciento cuatro años de edad.

Al punto, un grupo de asistentes cedió su banco a Simeón y a los familiares que le asistían. Yo no podía apartar la vista del anciano, por el que enseguida sentí un enorme respeto.

—Simeón también forma parte del Consejo de Ancianos —continuó Sonia—, pero ya solo como miembro honorario pues, pese a que aún se conserva lúcido, su estado físico deja mucho que desear.

Una vez acomodados, el servicio se desarrolló según el dogma de la religión católica, adaptado ligeramente a la singularidad de la propia isla. De esta manera, y por fortuna, cada tediosa intervención en castellano del párroco era precedida por un melodioso cántico interpretado en lengua rapanui. Las sensuales voces del coro local entonaban himnos litúrgicos de raíz polinesia, sabiamente integrados en el marco de la fe cristiana.

Al final de la ceremonia el sacerdote dedicó unas palabras a la memoria de Erick que ninguno de los presentes acogió con más emoción que yo. Erick Solsvik podía haber sido un extranjero en aquellas tierras, pero los pascuenses no olvidaban que aquel singular noruego había consagrado la mayor parte de su carrera al estudio y divulgación de la cultura rapanui.

Cuando el párroco dio por concluida la misa, me desconcertó que nadie se moviera del sitio. Enseguida me di cuenta de que todos aguardaban a que Simeón «el Eterno» saliese primero, pues el anciano no solo iba a precisar más tiempo que los demás, sino también de todo el espacio posible para que maniobrase con su familia. Afuera, eso sí, le aguardaba un vehículo que le trasladaría hasta su domicilio.

A continuación, Sonia y yo nos apresuramos a salir, aunque el contraste de temperatura con el exterior me hizo desear haber sido el último en abandonar el templo. Enseguida apareció su abuelo, y ambos se despidieron de mí, no sin antes prometerle a la joven arqueóloga que la mantendría al corriente de las novedades que recibiera de Oslo. Después localicé a Reinaldo entre la muchedumbre y esperé a que llegase a mi altura.

Reinaldo Tepano, de sesenta y cinco años de edad, arrastraba siempre consigo cierta aureola de melancolía, reflejada en su mirada y también en la seriedad de su rostro, que rara vez se premiaba a sí mismo con una sonrisa. Quizás para compensar, el experimentado capataz solía repetir que por sus venas corría auténtica sangre de «orejas largas», lo cual le hacía sentirse tremendamente orgulloso. Al parecer, su familia descendía directamente de aquel prestigioso linaje, que a punto había estado de desaparecer durante las guerras fratricidas que le enfrentaron a la estirpe rival, hacía ya un buen puñado de siglos.

Reinaldo me estrechó la mano con firmeza.

—Es terrible que algo así haya podido pasar en *mi* isla —declaró contrariado—. Y mucho menos al señor Solsvik, que era el último que se lo merecía.

Me limité a asentir, pues poco más podía añadir a su comentario.

—Reinaldo, ¿has hablado ya con la policía?

—Ayer mismo el comisario Villegas estuvo charlando conmigo —admitió—. Contesté a todas sus preguntas, aunque no creo que le sirviese de ayuda. Yo no sé nada acerca de lo ocurrido.

—Es un caso complicado —repuse—. De todas formas, es un poco raro que no haya nadie que pueda aportar una pista, ¿no te parece?

Reinaldo se encogió de hombros.

—Esta isla es pequeña —replicó—. Pero sepa usted que está llena de escondrijos.

No atiné a descifrar el sentido de aquella afirmación. El semblante de Reinaldo no se alteró lo más mínimo.

—Dígame una cosa, Reinaldo. ¿Recibió el viernes por la noche una llamada de Erick?

—Yo no tengo teléfono móvil, don Germán. Y si llamó al de mi casa no puedo saberlo porque hace más de una semana que lo tengo averiado. No es algo que me preocupe. Nunca he sido muy devoto de los aparatos modernos, a los que cuando era joven ni siquiera teníamos acceso en la isla.

Podía dar fe de que la mentalidad de Reinaldo era exactamente la misma que hacía once años, cuando le conocí durante mi primera excavación.

—Don Germán, ¿seguiremos adelante con las prospecciones del yacimiento? No olvide que una docena de muchachos están pendientes de este trabajo.

—No depende de mí, Reinaldo. Pero en cuanto averigüe algo, serás el primero en saberlo para que puedas coordinar con la cuadrilla de operarios el regreso a la excavación.

Después de un frugal almuerzo me dediqué a revisar el correo electrónico por si había novedades. Las había, y muy importantes. Releí varias veces la comunicación para estar seguro de haberla comprendido del todo. Los patrocinadores de la excavación habían decidido que el proyecto siguiera adelante. Además, me adjudicaban provisionalmente la dirección de los trabajos, aunque estudiaban enviar a un nuevo responsable —probablemente noruego— que asumiera el liderazgo en cuanto llegase a la isla.

Me parecieron buenas noticias. El trabajo serviría como refugio para mantener la mente ocupada y actuaría como un bálsamo que contribuiría a que las heridas cicatrizaran más rápidamente. En cuanto a lo del sustituto, no me suponía un problema, aunque estaba seguro de que ninguno de los compatriotas de Erick gozaba de su mismo prestigio en el campo de la cultura rapanui.

Decidí partir inmediatamente hacia la casa de Reinaldo para darle la noticia y avisarle de que mañana mismo reanudaríamos los trabajos con total normalidad. En cuanto a Hans y a Sonia, me bastaría con una llamada telefónica para ponerles al corriente del asunto.

Nada más salir a la calle me topé de frente con Esteban Villegas, que acababa de aparcar su vehículo ante la puerta del residencial. El comisario hilvanó una sonrisa forzada bajo su bigotillo castrense y me ofreció un diplomático saludo.

—¡Ah, Germán! Justo venía a verle.

Le expliqué a dónde iba y Esteban se ofreció a acompañarme mientras departíamos en el trayecto. La casa de Reinaldo Tepano no se encontraba muy lejos de allí, como tampoco lo estaba ninguno de los lugares situados en Hanga Roa. El pueblo poseía un irregular trazado de calles, pero dos vías que se cruzaban en sentido transversal —la avenida Te Pito o Te Henua y la avenida Atamu Tekena— se repartían la mayor parte de los comercios, restaurantes y edificios gubernamentales de la isla a partes iguales.

Iniciamos el recorrido a pie y en primer lugar informé al comisario sobre las últimas novedades relativas a la excavación.

—Enhorabuena entonces por su nombramiento como director del proyecto —me felicitó en un tono de voz que denotaba cierta ambigüedad.

—Es solo temporal —recalqué.

El comisario me mostró su sonrisa de morsa y prosiguió su avance mirando hacia el frente.

—¿Y cómo va la investigación? —pregunté—. ¿Ha realizado algún progreso?

—Apenas —confesó sin reparo—. Damos pequeños pasos que hasta ahora no nos han conducido a ninguna parte. Después de haber tomado un sinfín de declaraciones, de lo único que estamos seguros es de que el señor Solsvik se marchó del yacimiento arqueológico a las cinco y pasó por la habitación de su hotel, que abandonó en torno a las cinco y media. A partir de ahí le perdemos la pista y ya nadie le vuelve a ver hasta que encuentran su cadáver a la mañana siguiente.

—Esta isla es pequeña, pero sepa usted que está llena de escondrijos —contesté emulando a Reinaldo, sin saber muy bien por qué y arrepintiéndome al instante.

Esteban me lanzó una mirada fría como el hielo e ignoró mi comentario.

—El forense estima que la muerte se produjo alrededor de la medianoche... Dato que en lugar de ayudar, complica aún más las cosas, pues significaría que el señor Solsvik habría permanecido varias horas más con vida después de que conversara con usted a las nueve de la noche.

A mí también me confundió, pues yo albergaba la sospecha de que a Erick le habían matado mientras hablábamos, probablemente en el mismo instante en que nuestra llamada se cortó de repente.

—Germán, tras haber interrogado yo mismo a todos los principales integrantes de la excavación, me gustaría compartir con usted un detalle que, por más vueltas que le dé, no me termina de cuadrar. —Esteban interrumpió la marcha y se detuvo en mitad de la acera para que le prestara toda mi atención—. Según su relato, el señor Solsvik le dijo que había llamado al resto de los miembros del equipo, y que incluso uno de ellos ya se encontraba con él.

Asentí. El resumen del comisario era bastante fiel a mis palabras.

—Sin embargo, ninguno de ellos lo admite —dictaminó Esteban—. Hans Ottomeyer declaró que su teléfono móvil estaba apagado, y que no vio la llamada del señor Solsvik hasta la mañana siguiente. Reinaldo Tepano, por su parte, manifestó que ni siquiera tenía teléfono y que de ninguna manera el señor Solsvik se habría podido poner en contacto con él. Tan solo Sonia Rapu admitió haber mantenido una breve conversación, aunque rehusó acudir a su llamada a una hora tan tardía, alegando que ya tenía un compromiso previo con su abuelo.

Las declaraciones de todos ellos coincidían con lo mismo que me habían dicho a mí.

—Alguien está mintiendo... —señaló el comisario—. O bien, y disculpe mi franqueza, el que miente es usted —agregó sin tapujos—. O puede que también la persona que estuviese con el señor Solsvik fuese completamente ajena a la excavación, aunque esta última opción no parece muy probable atendiendo a sus propias palabras.

Poco o nada podía añadir. Yo había llegado a la misma conclusión que el comisario. Lo que no me hacía ni pizca de gracia era la posibilidad de que Esteban me incluyese en su lista de sospechosos.

—Es algo raro —reconocí—, pero seguro que habrá una explicación razonable. Sinceramente, no creo que ninguno de los miembros del equipo esté relacionado con semejante crimen. Y yo, definitivamente, muchísimo menos. —Endurecí el gesto—. Ya sabe que me unía con Erick una gran amistad.

—¡No, por favor! —se apresuró a aclarar Esteban—. No me malinterprete, no le estoy acusando de nada. Faltaría más. Tan solo me limitaba a poner una serie de hechos sobre la mesa.

De pronto, un fuerte clamor se elevó desde el otro lado de la calle, por encima de las casas de una sola planta. Intrigado, aceleré el paso para llegar a la esquina y comprobar qué había sucedido. La resignada expresión de Esteban me dio a entender que él no se hallaba en absoluto sorprendido, y que de hecho, ya tenía conocimiento previo de lo que íbamos a presenciar.

Una marea de pascuenses desfilaba por la avenida principal, abrigados tras una pancarta y entonando reivindicativas consignas de protesta. Un par de carabineros uniformados, subordinados del comisario Villegas, escoltaban la marcha para evitar incidentes.

Sin necesidad de preguntarle, Esteban me explicó los motivos de la manifestación.

—Algunos de las familias más importantes de la isla llevan décadas reclamando la devolución de sus tierras ancestrales. Todo se remonta al año 1888, momento en que los rapanui cedieron su soberanía al estado de Chile, pero no la propiedad de sus tierras. Poco después, el gobierno chileno las inscribió, de forma provisional, a nombre del fisco. Fue a partir de los años sesenta cuando, para construir todo tipo de instalaciones y favorecer el desarrollo de la isla, se solicitó a varias familias trasladarse momentáneamente de sus terrenos, otorgándoles a modo de compensación residencias en la periferia. Hoy en día, entre los terrenos reclamados se encuentran el aeropuerto, el Registro Civil, la plaza de la Gobernación, o incluso el hotel Hanga Roa, traspasado a manos privadas algún tiempo atrás.

Yo conocía sobradamente las reivindicaciones de los rapanui, pero ignoraba hasta qué punto se había enconado el conflicto.

—Tras el reciente fallo en contra del Tribunal de Apelaciones de Valparaíso, los clanes afectados han anunciado que interpondrán un recurso de casación. Pero mientras tanto, están preparando otras acciones de protesta, entre las que se encuentra, me temo, la ocupación de edificios públicos.

—Se le avecinan problemas —anuncié.

—Muchos. Como si no tuviera suficiente con el maldito crimen de la Cueva de los Caníbales, como ya ha sido bautizado por la prensa local.

Cuando nos cruzamos con el grueso de la marcha, algunos de los pascuenses más indignados increparon consignas en rapanui contra el comisario Villegas, que pasó de largo evitando las confrontaciones. Curiosamente, Esteban no era objeto de su furia por estar al frente de la autoridad policial, sino por su condición de chileno del continente. Chile había sometido al pueblo rapanui a un proceso de explotación colonialista desde su anexión a finales del siglo XIX, que no cesó hasta bien entrada la década de los sesenta de la centuria siguiente. Actualmente, las relaciones entre los rapanui y los chilenos del continente eran cordiales, pero en determinadas circunstancias no resultaba fácil olvidar el pasado.

—No se deje engañar. Detrás de estas protestas se oculta el deseo de independencia del pueblo rapanui —me confió el comisario al oído—. El asunto es absolutamente descabellado —agregó.

Una vez que los manifestantes quedaron atrás y recuperamos un poco de calma, Esteban aprovechó para sacar a la palestra un tema del que sin duda quería conocer mi opinión.

—En el curso de la investigación ha llegado a mis oídos un episodio muy reciente, al que sorprendentemente no había hecho usted ninguna mención. Podría o no tener que ver con el caso, pero a priori lo encuentro un incidente muy a tener en cuenta.

El comisario no añadió nada más, esperando que yo tomase la iniciativa. Lo malo es que si no me daba más pistas, difícilmente podía ayudarle. Le sostuve la mirada mientras caminábamos, aguardando a que me ofreciese más datos.

—Según tengo entendido, Reinaldo Tepano y el señor Solsvik protagonizaron un enfrentamiento en la excavación, hace tan solo unos días…

Al principio me sentí algo confuso porque no recordaba que tal cosa hubiera ocurrido, hasta que por fin, unos instantes después, recordé el incidente al que Esteban se refería.

—No sé qué le habrán contado, pero lo sucedido no tuvo la menor importancia.

—Bien, deme usted entonces su versión de los hechos.

Aspiré una bocanada del aromático aire de la isla y me dispuse a narrarle el episodio en cuestión.

—Verá, Reinaldo es un rapanui de la vieja escuela, un experto conocedor de las leyendas y tradiciones de sus antepasados, y un gran defensor de las costumbres de su pueblo. El hombre aún cree a pies juntillas en los espíritus protectores de la tierra, a los que dice poder sentir durante el proceso de excavación. Por todo ello, Erick valoraba muy positivamente su opinión, e incluso cuando debía decidir el lugar donde abrir una nueva zanja, siempre le escuchaba con sumo respeto; rara vez su dictamen no era tenido en cuenta. —Alcé la mirada y observé que Esteban seguía mis explicaciones con gran atención—. No obstante, a principios de semana, Erick y Reinaldo discreparon en sus pareceres. Basándose en criterios puramente científicos, Erick había resuelto efectuar una prospección en un determinado lugar del yacimiento, decisión a la que Reinaldo se opuso abiertamente argumentando que los *aku-aku* no estaban de acuerdo en que se violase aquella franja de terreno. Desde luego, la ciencia prevaleció sobre la superstición, y Reinaldo acabó aceptando su derrota, más o menos a regañadientes.

—Ha sintetizado muy bien los hechos —elogió el comisario—. Justamente eso mismo fue lo que me dijeron.

—Pero no se haga una idea equivocada. Se trata de un incidente sin la menor trascendencia. Esta no era la primera vez que Erick y Reinaldo trabajaban juntos, y ya se habían producido con anterioridad episodios similares.

Justo cuando terminaba de pronunciar aquellas palabras, llegamos a la casa del capataz. Pronto averigüé que no se encontraba allí: había asistido a la manifestación y no regresaría hasta que terminara la protesta.

El comisario Villegas se despidió de mí y reemprendió el camino de vuelta. Yo decidí esperar a Reinaldo en una cafetería cercana, mientras hacía las pertinentes llamadas a Hans y Sonia para avisarles de que mañana debían acudir a la excavación.

No estuve de vuelta en el residencial hasta bien entrada la tarde, pero al menos había regresado con todos los deberes hechos. Tanto Reinaldo como los demás estaban avisados, y a la mañana siguiente ninguno faltaría a su cita en el yacimiento arqueológico. Gloria Riroroko podaba algunas de las plantas y árboles del tupido jardín de entrada, que casi parecía una selva tropical. La encargada del residencial dejó lo que estaba haciendo y, echándome una mirada de desaprobación como nunca había hecho con anterioridad, me indicó que alguien me esperaba en la sala común desde hacía ya un buen rato. Le agradecí la información y, extrañado, enfilé hacia el interior dispuesto a resolver el misterio.

Ya desde el pasillo tuve ocasión de atisbar a Maeva, que aguardaba sentada con suma paciencia sosteniendo un grueso libro entre las manos. Soplos de luz cobriza perfilaban su silueta, bajo cuyas formas ya se insinuaba la mujer de extraordinaria belleza en que se iba a convertir.

No me costó imaginar a doña Gloria intercambiando algunas palabras con Maeva, que no habría dudado en anunciar a los cuatro vientos que el arqueólogo español que allí se hospedaba, don Germán Luzón de Estrada, no era otro que el padre que ella tanto había echado en falta durante toda su vida. El rumor, no me cabía duda alguna, se extendería por toda la isla como una enfermedad contagiosa. Suspiré. Mejor así. Era algo que tenía que pasar tarde o temprano.

Maeva levantó la vista y en su rostro se formó una radiante sonrisa que me hizo olvidar de un plumazo todos mis problemas. Esta vez había sido ella la que había acudido a mí, e incluso aunque lo hubiese hecho a instancias de Hanarahi, su presencia allí no dejaba de producirme una satisfacción inmensa. Aquel tipo de encuentros solo podían contribuir a fortalecer el naciente vínculo que ya se había establecido entre los dos.

Intercambiamos besos en la mejilla y nos acomodamos en el confortable sofá que doña Gloria había dispuesto para los huéspedes.

—¿Llevas mucho tiempo esperando? —pregunté.

—Un poco —mintió.

En apariencia, la señora Riroroko había sustituido de repente su labor en el jardín por ciertas tareas domésticas de difícil catalogación. Y así, como quien no quiere la cosa, se dedicó a pasear su orondo trasero de un lado a otro sin perdernos ni un solo momento de vista. Decidí no prestarle atención; su vocación chismosa me traía sin cuidado.

Maeva me mostró el libro que había estado leyendo durante su espera.

—Lo he sacado de la biblioteca —aclaró—. Trata de la Isla de Pascua y su historia, pero es muy pesado. Me gusta más cuando eres tú quien me la cuenta.

Le eché un vistazo al mamotreto. Era un tostón científico que probablemente me hubiera aburrido hasta a mí.

—Ese libro no está escrito para ser leído por un niño — advertí—. Mejor yo te explico lo que quieras.

Maeva asintió y frunció el ceño, poniendo sus neuronas a funcionar.

—¿Qué paso después? —soltó a bocajarro.

—¿Después de qué?

—Después del tiempo de Hotu Matua —precisó.

—Ah, ya —repuse—. Bien, ahora nos trasladaremos a una época relativamente más reciente. Y ten en cuenta que esta es la versión más aceptada de lo que se cree que ocurrió.

Maeva se acomodó, dispuesta a no perderse ni un detalle de mi narración.

—Muchos siglos después de la muerte de Hotu Matua, la población de los «orejas largas» se había multiplicado de manera exponencial, y ya eran varios miles los habitantes de la isla. Sin embargo, la prudente gestión de los recursos naturales no hacía peligrar todavía, en modo alguno, la sostenibilidad del sistema. La construcción de los *moai* no decayó en absoluto con el transcurso del tiempo y, de hecho, aún seguía siendo el eje vertebrador de la sociedad y la unidad de los isleños. No obstante, también era justo admitir que el significado original atribuido a los colosos experimentó cambios severos y evolucionó en paralelo al sistema político e ideológico de la isla. El *ariki*, como descendiente directo de Hotu Matua, continuaba a la cabeza del orden social de Pascua, formado por diferentes clanes que se repartían de forma equitativa la superficie de la isla. Pero fue en realidad la casta sacerdotal la que se procuró un mejor puesto dentro de la jerarquía, arrogándose el vínculo exclusivo de comunicación con los dioses a través de las ceremonias y la arquitectura monumental, bajo el pretexto de garantizar la prosperidad y la bondad de las cosechas.

»Todo cambió cuando en torno al siglo XIII se produjo una segunda gran migración desde la Polinesia, protagonizada por la tribu de los *hanau momoko*, conocidos por el sobrenombre de los «orejas cortas».

»Para poder establecerse en la isla, a los nuevos pobladores no les quedó otra alternativa que someterse al *ariki*, a la aristocracia religiosa y, en general, a casi todas las costumbres impuestas por la estirpe dominadora de los «orejas largas». Por ejemplo, se señaló expresamente la obligación de aportar mano de obra para la fabricación de los *moai*, algo que los «orejas cortas» no tuvieron más remedio que aceptar, pese a que aquellas intimidatorias esculturas carecían de cualquier tipo de significado para ellos.

»Durante mucho tiempo ambas tribus convivieron de forma pacífica y hasta ejemplar. Sin embargo, este periodo de paz no duró para siempre. Los «orejas cortas» también experimentaron su propia explosión demográfica y, hacia el siglo XV, el ecosistema de la isla ya no pudo sostener por más tiempo semejante cantidad de habitantes, que se estima rozaba el techo de los veinte mil.

»Inconscientemente, sus propios habitantes habían sometido a la isla a un lento proceso de asfixia, aumentando de forma paulatina la presión sobre sus limitados recursos. La deforestación de su propia flora para usar los troncos en el transporte de las grandes obras megalíticas, la leña para el consumo diario, la fabricación de canoas, así como la arraigada costumbre de cremar a sus muertos, que exigía un elevado consumo de combustible, condujo a la definitiva extinción de todas sus especies de árboles. Las consecuencias de aquello fueron imprevisibles y absolutamente devastadoras. Las aves autóctonas desaparecieron de la isla, y por tanto, de la dieta de los indígenas. El pescado capturado correspondía solamente al de las especies costeras, pues ante la imposibilidad de fabricar canoas que pudiesen adentrase en el mar, tuvieron que prescindir de las marsopas y atunes, platos muy comunes en tiempos no tan lejanos. La mayor parte de las fuentes de alimentos silvestres se perdieron, y la producción de los cultivos disminuyó debido a la sobreexplotación agrícola.

»El hambre se cebaba con los cada vez más desesperados habitantes de la isla, que para aliviar su sed, acabaron acostumbrándose a beber el agua salobre que extraían de las corrientes subterráneas en los puntos donde estas salían al mar.

»A pesar de la situación límite que se respiraba en la isla, los «orejas largas», a través de sus jefes y sacerdotes, no cejaron en su empeño de seguir invirtiendo recursos y esfuerzos en el levantamiento de los *moai*. Los «orejas cortas», sin embargo, comenzaron a oponerse, por sentido común y un elemental instinto de supervivencia.

»Semejante escenario resultaba ya del todo insostenible y la chispa del conflicto podía saltar en cualquier momento. Finalmente, se desató una cruenta batalla entre ambas tribus, que abrió un prolongado periodo de guerras del que, atrapados en la solitaria isla, no tenían la posibilidad de escapar.

***

Año 1651 d. C.
Isla de Pascua. «Batalla del foso de Iko»

Ororaina miró a su alrededor absolutamente aterrorizado. También se sentía avergonzado e indigno de pertenecer al glorioso linaje de los «orejas largas». En aquel instante no quedaba de él ni el menor rastro del fiero guerrero que durante tanto tiempo había creído ser. Temblaba de la cabeza a los pies y los músculos se le habían agarrotado.

Ni en sus peores sueños se habría podido imaginar que alguna vez se haría realidad el escenario del que estaba siendo testigo.

Tras desencadenarse la guerra, los «orejas largas» fueron perdiendo poco a poco posiciones dentro de la isla y, a la postre, se vieron obligados a replegarse en su extremo más oriental: la península de Poike. Para protegerse, excavaron una enorme y larga trinchera que llenaron de ramas y vegetación, que estaban dispuestos a prender fuego en caso de que los «orejas cortas» osaran ascender la pendiente que conducía a la altiplanicie. Poike se transformó así en un fortín en el que los «orejas largas» se sintieron seguros durante un tiempo, situación que de ninguna manera podía durar para siempre.

Finalmente, los «orejas cortas» tomaron la decisión de atacar frontalmente, forzando a sus enemigos a encender la pira para protegerse del feroz asalto. Pero en realidad aquel ataque formaba parte de una maniobra de distracción, pues simultáneamente, un contingente de «orejas cortas» penetró en la altiplanicie deslizándose por el borde mismo del acantilado. Los «orejas largas» se encontraban ahora atrapados, y muchos perecían abrasados en la propia pira que ellos mismos habían erigido para defenderse.

Ororaina tosió acosado por el humo que el viento esparcía en todas direcciones, y que le impedía distinguir nada que estuviese a más de dos metros de distancia. Los gritos de terror de las víctimas ajusticiadas se multiplicaban, pero también los alaridos tribales de sus ejecutores, en otro tiempo sometidos dócilmente a la voluntad del más fuerte. Ororaina se palpó el brazo izquierdo y los dedos se le mancharon de sangre. No era suya, o al menos eso creía. Debía de ser la salpicadura de un compañero de filas, uno de los muchos que aquel día perderían la vida de la manera más cruel. El zumbido de una lanza atravesó el aire y se hundió en el pecho de Iko, el jefe bajo el cual habían estado al mando durante la etapa final de la guerra. Ororaina, que se encontraba tan solo a unos pasos de distancia, observó con horror la incrédula mirada de Iko mientras agonizaba e intentaba pronunciar sus últimas palabras. En su lugar tan solo alcanzó a escupir un reguero de sangre que se le deslizó por la garganta. La batalla estaba siendo una auténtica masacre.

Ororaina reaccionó al fin y se decidió a saltar por encima del foso para escapar de la emboscada tendida por el enemigo. La ardiente caricia de las llamas que brotaban de la pira le lamieron la piel, pero no le causaron daño alguno. Ororaina huyó en dirección a Anakena, movido por un acuciante instinto de supervivencia y obsesionado tan solo con la idea de esconderse.

La humareda que envolvía aquella zona comenzaba a disiparse a medida que se alejaba del foso de fuego. Las sombras de sus enemigos iban y venían, y Ororaina las esquivaba como podía tratando de pasar desapercibido aprovechando el caos del conflicto y la confusión del momento. Los «orejas cortas» poseían una escasa tradición como guerreros, pero el odio, la furia y el deseo de venganza compensaban con creces sus carencias en el campo de batalla. A buen seguro, la única alternativa de Ororaina pasaba por ocultarse en una cueva de la costa.

De pronto, un enorme estruendo saturó sus oídos y la tierra tembló bajo sus pies como si fuese gelatina. Ororaina dio un respingo que le sacudió todo el cuerpo. ¿Acaso la propia isla se había rebelado ante los desmanes provocados por sus insensatos y crueles pobladores? Sobreponiéndose al formidable susto, Ororaina prosiguió su avance hasta que un enorme bloque de piedra le obstruyó inesperadamente el camino. Entonces, absolutamente horrorizado, comprendió lo que acababa de ocurrir. El estrépito lo había provocado el desplome de un moai contra el suelo, derribado a manos de un grupo de «orejas cortas», que para celebrar su victoria había decidido ensañarse con la iconografía del antiguo régimen opresor.

Ororaina se quedó paralizado por segunda vez en la mañana. Los «orejas cortas» no habían reparado en su presencia y continuaban su porfía con el ahu, socavando los cimientos del muro con el fin de abatir el segundo moai que reposaba sobre su estructura. Ororaina sintió el impulso de aniquilarles con sus propias manos, pero hallándose en clara inferioridad numérica, sabía que los «orejas cortas» le habrían neutralizado antes de que les hubiese propinado un solo golpe. Mientras contemplaba la escena carcomido por la impotencia, el segundo moai inició un suave balanceo como si tuviese vida propia. Por fin, la colosal estatua perdió definitivamente el equilibrio y se precipitó contra el suelo produciendo el mismo estruendo que su gemela. El pukao salió despedido y rodó por la tierra hasta quedar a los pies de Ororaina, que observaba ahora cómo los «orejas cortas» se encaramaban a la escultura y le arrancaban los ojos fabricados con placas de coral y obsidiana, para arrebatarles así el poder que la tradición les atribuía.

Ororaina salió por fin de su parálisis cuando advirtió que uno de los guerreros le clavaba su salvaje mirada desde lo alto del moai recién derribado. El «orejas largas» no titubeó y, sin comprobar siquiera si era o no objeto de persecución por parte de aquel grupo de enemigos, volvió inmediatamente sobre sus pasos con idea de fundirse de nuevo con la nube de humo gris expelida por el fuego de la pira. Ororaina tomó entonces una bifurcación y descendió por un abrupto collado orientado hacia los acantilados del norte.

Un recuerdo asaltó de repente la memoria de Ororaina: aquel tramo de pendiente ocultaba el acceso a una cueva secreta de dimensiones reducidas, que en tales circunstancias bien le podía salvar de una muerte segura. El subsuelo de la isla estaba compuesto por una intrincada red de galerías subterráneas, creada hace cientos de miles de años por la acción de antiguos canales de lava. Ororaina escrutó el firme, un pedregoso manto conformado por infinidad de fragmentos de escoria volcánica que a simple vista resultaban imposibles distinguir unos de otros. Pero no para el ojo entrenado que previamente conociese su exacta localización. Ororaina retiró unas piedras y dejó al descubierto un estrecho conducto vertical, semejante a una madriguera.

Un enjambre de brazos emergió entonces de la cavidad, impidiendo a Ororaina el acceso al interior del escondrijo. El lugar ya estaba ocupado por un grupo de mujeres y niños que trataban de escapar como podían del horror de la guerra. La cueva era un pozo de negrura, tan solo atenuado por las brillantes miradas de sus aterrorizados inquilinos. Confinados como ratas en aquellos agujeros, los más débiles de la contienda se arriesgaban a ser descubiertos por la facción enemiga, en cuyo caso les bastaba con sellar el orificio de entrada con una enorme piedra para dejarles enterrados en vida.

Ororaina enmascaró de nuevo el acceso a la cueva secreta y reanudó su alocada carrera por la interminable pendiente.

Un torrente de sudor se deslizaba por su piel y deshacía las pinturas de guerra con las que se había embadurnado el cuerpo. Los vítores de los «orejas cortas», lejanos pero contundentes, comenzaban ya a resonar por toda la isla. Su peor pesadilla se había hecho realidad. Ororaina sufrió un repentino ataque de tos que le obligó a detenerse en seco. Le llevó varios minutos sofocar los espasmos de sus pulmones y recobrar el aliento. Entonces, un singular aroma a carne asada le rondó el olfato y llamó poderosamente su atención. Intrigado, se dejó arrastrar por el sugestivo olor que ya se había encargado de activarle los jugos gástricos.

Ororaina llegó hasta el borde del acantilado y asomó la cabeza. A los pies del farallón, en un área rocosa situada por encima del nivel del mar, un puñado de «orejas cortas» se obsequiaba con un auténtico festín alrededor de una hoguera. Resultaba verdaderamente insólito, habida cuenta de la hambruna que azotaba la isla, en particular por la preocupante escasez de pollos. Durante unos insoportables instantes, Ororaina se sintió confuso, hasta que por fin se percató de la situación. No era carne animal. Era carne humana. Los miembros descuartizados de un aliado estaban siendo asados en la hoguera y engullidos con fruición por los depravados comensales. Ororaina sintió náuseas y una incontrolable fatiga le trepó por la garganta. Cayó de rodillas y vomitó sangre y bilis sobre las manos. Los ojos le lagrimaban y le nublaban la vista. Todo estaba perdido. Las almas, tanto de vencedores como vencidos, se hallaban manchadas de impudicia por haber cometido actos execrables.

Unas voces a su espalda le devolvieron a la realidad. Ororaina se giró y alzó la mirada hacia un trío de «orejas cortas» que le rodeaban y apuntaban con sus intimidantes lanzas. A punto estuvo de hacerles frente, con la secreta esperanza de que le *procuraran una muerte rápida. Sin embargo, al final no hizo nada, salvo suplicar por su vida y aceptar la rendición en nombre de los «orejas largas». Hotu Matua, de quien era directo descendiente, habría sentido una profunda decepción.*

Ororaina fue hecho prisionero y se convirtió en uno de los pocos «orejas largas» que logró dejar descendencia tras salvar la vida aquel día.

***

—Debió ser horrible… —murmuró Maeva casi para sí.

—Las primeras expediciones arqueológicas sacaron a la luz miles de puntas de lanza repartidas por toda la isla que son, sin duda, testimonio de aquella etapa tan convulsa.

Maeva tenía la mirada perdida, como si evocara el horror de lo que yo le acababa de describir.

—¿De verdad los antiguos rapanui derribaron los *moai*, después de todo el tiempo y esfuerzo que les costó esculpirlos y trasladarlos? —inquirió incrédula.

—Así es —corroboré—. De hecho, los que ahora pueden contemplar los turistas sobre sus *ahus*, fueron en realidad alzados en épocas recientes, a lo largo de sucesivos procesos de restauración en los que se precisó la ayuda de enormes grúas industriales.

—¿Y es cierto que se comieron entre sí?

Asentí. La Cueva de los Caníbales, donde fue hallado el cuerpo de Erick, hacía referencia a los ritos antropófagos que muy probablemente se llevaron a cabo durante aquel periodo de carestía.

Los sagaces ojos de Maeva brillaban con asombrosa intensidad.

—¿Y qué ocurrió después de aquella época?

—Aproximadamente a mediados del siglo XVII, cuando las terribles luchas tribales tocaron a su fin, la sociedad rapanui experimentó una transformación radical, no solo en sus costumbres, sino también en su ideología y creencias religiosas. La clase guerrera se hizo con el poder, mientras que la casta sacerdotal perdió gran parte de su credibilidad y casi todos sus privilegios. La vieja religión vinculada a los grandes colosos de piedra se abandonó y fue sustituida por el novedoso culto al hombre pájaro y una renovada fe en el dios creador Make-Make. Durante aquella época se desarrolló además el arte de los petroglifos, que consistía en realizar finas incisiones en las piedras, y cuya amplia variedad de motivos incluía figuras antropomorfas, vulvas como símbolo de la fertilidad y representaciones conceptuales del hombre pájaro y el propio Make-Make.

»El nuevo culto, estrechamente ligado a la fertilidad, a la primavera y a la llegada de las aves marinas migratorias, supuso la desaparición del poder hereditario de antaño, que fue sustituido por la alternancia en el mismo en base a una competición anual entre los principales clanes de la isla. Todos los años, y a lo largo de varias semanas, en la aldea ceremonial de Orongo, situada en el angosto borde del volcán Rano Kau, se celebraban fiestas y rituales que culminaban con la elección del futuro gobernante de la isla para el próximo año.

»Los representantes de los jefes de cada uno de los clanes debían descender por el abrupto acantilado, atravesar a nado el trecho que les separaba del islote Motu Nui, y competir entre sí por obtener el primer huevo de una especie de gaviota llamada *manutara*. La tarea no era nada sencilla, y los candidatos se jugaban la vida literalmente para no ser víctimas de las corrientes, de los tiburones... o de una inoportuna caída que les despeñase farallón abajo. El primero que regresaba con un huevo intacto ganaba la competición, y su jefe era investido de inmediato con el título de *tangata manu*: hombre pájaro y máximo mandatario de la isla.

Enfrascados en la conversación, Maeva y yo nos habíamos aislado por completo del mundo que nos rodeaba. No fue hasta que aparté mis ojos de su mirada que reparé en la presencia de otros huéspedes distribuidos por la sala común, que seguían absortos mi detallada exposición.

Un matrimonio colombiano de recién casados aplaudió a rabiar mi discurso.

—¿Es usted guía turístico? —dijo el hombre—. Nos encantaría contratar sus servicios para que nos mostrara la isla.

Sentí que me sonrojaba desde el cuello hasta la cara y decliné tan tentadora oferta al tiempo que ponía pies en polvorosa arrastrando a Maeva tras de mí.

Afuera, un conjunto de nubes cenicientas acariciaban la cumbre del volcán Rano Kau, bañado en la luz dorada del crepúsculo. Definitivamente, el tiempo que compartía junto a Maeva parecía transcurrir al doble de velocidad de lo normal.

—Vamos, Maeva. Te acompañaré hasta tu casa. Se nos ha hecho muy tarde y no me extrañaría que tu madre estuviese preocupada por ti.

Hanarahi nos recibió en la verja tras oír el tintineo de nuestras voces desde el extremo de la calle. Su sonrisa expresaba la enorme satisfacción que sentía al comprobar que la relación entre Maeva y yo avanzaba viento en popa. No obstante, su instinto de madre permanecía bien alerta, y enseguida mandó a su hija a hacer los deberes que se había saltado aquel día. Maeva amagó una protesta, pero al final admitió su derrota y se perdió a toda prisa en el interior de la vivienda.

Hanarahi me miraba agradecida por la excelente acogida que le había proporcionado a Maeva y el modo en que había encajado aquella difícil situación, totalmente imprevista para mí.

—Fue idea suya la de ir a verte —reveló.

—¿De verdad? Estaba convencido de que tú estabas detrás de su inesperada visita —repliqué—. Por cierto, ¿se ha mostrado Maeva siempre tan interesada por conocer la historia de la isla, o es la excusa que utiliza para acercarse a mí?

Hanarahi meditó su respuesta.

—Seguramente un poco de ambas cosas —admitió—. A su edad ya conoce parte del pasado de la isla y también el contenido de algunas leyendas, pero en ningún caso con el detalle y la profundidad que un experto como tú le serías capaz de transmitir.

Le agradecí el elogio con un gesto de cabeza y acto seguido la puse al día acerca de las últimas noticias relativas tanto al crimen como a la excavación arqueológica. Hanarahi escuchó las novedades con gran atención.

—A propósito —añadí—. Pensaba que esta mañana acudirías a la misa que se celebró en memoria de Erick. Fueron muchos los que se acercaron para darle su último adiós.

Hanarahi bajó la mirada y su rostro se ensombreció. Y aunque intentó disimular su reacción, yo ya la había captado al vuelo.

—¿Qué ocurre? —interpelé.

—No es nada. Olvídalo.

Resultaba evidente que no deseaba hablar, pero yo no iba a darme por vencido tan fácilmente.

—Cuéntamelo, por favor.

Hanarahi suspiró con resignación.

—No guardo un buen recuerdo de ese hombre. Eso es todo.

Posé una mano en su hombro para animarla a seguir hablando. Noté que una parte de ella sí que deseaba poder expresarse en voz alta.

—Una noche, tras actuar con el grupo folclórico al que pertenezco, Erick trató de sobrepasarse conmigo —reveló—.

Ocurrió hace unos cuantos años, la última vez que Erick vino a excavar a la isla.

Me quedé de una pieza. Siempre había tenido a Erick Solsvik por un hombre tremendamente recto. Además, yo conocía bien a su mujer, con la que llevaba casado más de veinte años. Por otro lado, no dudé un instante de la palabra de Hanarahi. No tenía sentido que mintiese ahora que Erick ya estaba muerto.

Opté por la cautela y no insistí más en el asunto. Hanarahi agradeció mi comprensión. Entre los dos existía una conexión difícil de explicar, pero que nada tenía que ver con la pasión que nos había consumido durante la etapa en que nos conocimos. Minutos después me despedí de ella prometiéndole que mantendría un asiduo contacto con Maeva.

Al cabo de un rato ya estaba de vuelta en el residencial. Me dirigí directamente a mi habitación rehuyendo al resto de los huéspedes, con idea de regalarme una refrescante ducha, tomar una cena ligera y acostarme temprano, dispuesto a recargar pilas de cara a la larga jornada de trabajo que me esperaba al día siguiente.

No obstante, algo fuera de lugar captó inmediatamente mi atención. Mis ojos se posaron en un pedazo de papel que alguien había dejado encima de la cama. Parecía una simple cuartilla. Imaginé que habría sido cosa de doña Gloria. ¿Quién si no?

En cuanto cogí el papel y lo desdoblé, no sabría decir muy bien por qué, sentí un ligero escalofrío. La nota escrita a mano contenía una breve misiva en idioma rapanui que, obviamente, no podía entender. Deslicé la mirada por la cuartilla y fruncí el entrecejo. La peculiar caligrafía denotaba impericia, pero también una profunda determinación. Al pie de la nota había un dibujo de trazos simples, que desde mi punto de vista se asemejaba a la silueta de una tortuga.

Busqué a doña Gloria, que aún conservaba en el rostro aquella expresión reprobadora tan inusual en ella. Enseguida supe que antes de abordar el asunto de la nota, primero debía aclarar con ella el motivo de su enigmática actitud hostil.

—¿Ocurre algo, doña Gloria?

La dueña del residencial adoptó una pose orgullosa.

—Por educación, no pensaba decírselo. Pero ya que me lo pregunta, le diré que no está nada bien que un hombre deje a una muchacha en estado, se desentienda como si tal cosa, y reaparezca diez años después como si nada hubiera ocurrido.

—Doña Gloria, que usted se equivoca —argüí—. Le juro que yo desconocía la existencia de Maeva. La misma Hanarahi se lo podrá confirmar. No tiene más que preguntarle.

Gloria entrecerró los ojos y me escrutó con la mirada. La tensión de su rostro experimentó una rebaja gradual.

—Le creo, don Germán. Si a mí ya me extrañaba. En el fondo no le veía yo a usted actuando de semejante manera.

Solventado el malentendido, pasé directamente a la cuestión de la misteriosa nota. Ni ella ni su marido, me aseguró, habían tenido nada que ver. Su respuesta no me ayudaba en nada a clarificar lo sucedido.

—¿Me podría al menos decir lo que pone?

Gloria cogió el papel por una esquina con cierta impaciencia, como si yo estuviese haciendo un mundo de una simple anécdota, o como si en realidad todo formase parte de un plan que yo mismo había urdido para echarme unas risas a su costa.

Primero leyó la nota para sí misma y luego la tradujo en perfecto castellano:

—«Su compañero ha pagado un alto precio, pero si se atreve a seguir sus pasos, le guiaré hasta el secreto mejor guardado de la isla. Si decide aceptar el reto, deposite mañana esta nota al pie del *moai* más solitario de Anakena, poco antes del atardecer».

Palidecí por momentos, aunque traté por todos los medios de que no se me notara.

—¿Qué significa esto, don Germán? ¿Es una especie de juego?

«En efecto», pensé. Un juego en el que si perdías, te destrozaban la cabeza y luego te metían una antena de langosta por el culo.

—Tiene usted razón, doña Gloria —reaccioné rápidamente recuperando la nota manuscrita—. Esto ha sido cosa de Maeva. Ya sabe usted cómo son los niños, que les encanta inventarse historias y todo tipo de extraños juegos.

Me refugié nuevamente en mi habitación, temblando como una hoja en mitad de un vendaval. Desde luego, estaba seguro de que

Maeva no había sido la autora de la nota. La caligrafía, al menos, no parecía la propia de un niño. Y lo peor del asunto era que cuanto más pensaba en un posible autor, más cuenta me daba de que podía ser cualquiera. La puerta del exterior permanecía siempre abierta durante el día, como aún se tenía por costumbre en buena parte de la isla. Y ni siquiera las habitaciones del residencial se cerraban con llave. Con un poco de cautela, a nadie le supondría un problema pasar sin ser visto.

El corazón se me había acelerado y una película de sudor frío me cubría manos y frente.

Sospechaba que la nota era auténtica, y su contenido había cambiado por completo mi forma de ver el caso. De entrada, el extraordinario descubrimiento anunciado por Erick, al que tan escaso crédito le había dado, cobraba ahora muchos visos de ser cierto. Y llevando el razonamiento un paso más lejos, todo apuntaba a que verdaderamente aquel podía haber sido el móvil del crimen. Del misterioso mensaje se desprendía que el individuo que conocía el secreto pretendía sacarlo a la luz desde el anonimato, valiéndose para ello de la ayuda de un arqueólogo que asumiera la autoría del hallazgo. Una segunda lectura evidenciaba que otras personas estaban dispuestas a hacer cualquier cosa por evitarlo, incluso matar si fuera preciso.

A expensas de verificar la autenticidad de la nota, de momento había llegado a una simple conclusión: su enigmático autor había elegido a Erick como primera opción para cumplir aquel arriesgado encargo. Y ahora, tras el giro que habían tomado los acontecimientos, había decidido elegirme a mí.

CAPÍTULO CUARTO

LUNES

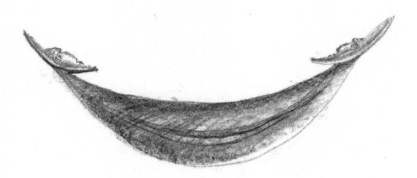

Reimiro: representa el principal emblema del pueblo rapanui, y como tal preside la bandera de la Isla de Pascua. Se trata de un adorno pectoral en forma de media luna, utilizado por los antiguos jefes tribales, rematado en sus extremos por dos rostros que se miran entre sí. Del mismo modo, el *reimiro* evoca la canoa a bordo de la cual los primeros colonizadores llegaron a la isla, liderados por Hotu Matua.

Por la mañana, el yacimiento arqueológico había cobrado vida de nuevo y los trabajos se habían reanudado con relativa normalidad. La noche había dejado algunas lluvias, fugaces e intermitentes, que habían dotado al entorno de colores más nítidos y transparentes, así como de una dulce fragancia que desprendía la tierra mojada y que se extendía a lo largo y ancho de toda la isla.

El ambiente que se respiraba en la excavación, sin embargo, distaba mucho de ser el que había reinado hasta aquel mismo viernes. El ánimo y las ganas de trabajar habían sido reemplazados por cierto hastío y una importante dosis de abatimiento.

La muerte de Erick había afectado al grupo en mayor o menor medida, e indudablemente, la ausencia del antropólogo noruego, como cabeza responsable del proyecto, se hacía notar en aquellos momentos más que en ninguna otra situación o lugar. No obstante, aquella no era la única razón que había enrarecido el ambiente. La noche anterior, cumpliendo con sus amenazas, varias familias rapanui habían ocupado diversas propiedades públicas en señal de protesta, razón por la cual tan solo habían acudido a la excavación la mitad de los operarios contratados.

Los escasos obreros presentes tampoco hacían gala de su habitual jovialidad, a la que con tanta frecuencia solían recurrir para amenizar su monótona tarea. Provistos de picos y palas, se limitaban a extraer la tierra, para someterla después a un proceso de criba, valiéndose de cedazos y rejillas como si fuesen antiguos buscadores de oro.

Sonia Rapu se había apostado en una cuadrícula perfectamente delimitada por cordeles blancos, y armada con pincel y paleta se dedicaba a una actividad mucho más minuciosa, consistente en depositar los pequeños hallazgos en bolsas de plástico transparente que rotulaba con la información técnica precisa. La joven arqueóloga continuaba conmovida por la tragedia, aunque se alegraba de poder volver al trabajo pese a que las circunstancias no fuesen las más propicias. Sonia, al menos, había tratado de animar a la reducida cuadrilla dispensando un alud de sonrisas, que en ningún caso lograron ocultar la amargura de su mirada.

Hans se hallaba en la zanja más alejada del yacimiento, examinando la estratigrafía del terreno, cuyo corte milimétrico permitía la escrupulosa lectura de colores y tramas como si fuesen las páginas de un libro abierto, capaz de aportar valiosísima información sobre el pasado de la isla. El geólogo alemán, lejos de haber superado el golpe, parecía el más afectado de todos nosotros, y en cuanto llegó a la excavación se refugió en una burbuja de silencio que solo quebrantó para excusarse por no haber asistido a la misa en memoria de Erick.

Por último, Reinaldo Tepano colaboraba con los obreros, les supervisaba y también les daba las correspondientes instrucciones cuando lo estimaba preciso. El viejo capataz, que solía ser de talante tranquilo, se mostraba visiblemente inquieto por los hechos acaecidos durante las últimas horas. Reinaldo había tenido que enfrentarse a una difícil disyuntiva que le había quitado el sueño: o permanecía fiel al compromiso adquirido con la excavación arqueológica, o se unía a sus familiares y compatriotas en su órdago por defender los derechos ancestrales de su pueblo. De momento, había optado por lo primero, motivo por el cual no podía evitar sentirse enormemente culpable.

Yo me había ocupado de limpiar, pesar, fotografiar, medir, describir y envasar el material encontrado hasta el momento, y ahora me dedicaba a observarles a todos ellos desde el umbral de la caseta, bajo la perspectiva que me confería mi nueva posición como director provisional del proyecto. En cualquier caso, no podía sacarme de la cabeza la misteriosa nota que había recibido, y aún me debatía entre seguir al pie de la letra su contenido o, por el contrario, hacer caso omiso de la misma. Mi escepticismo había aumentado con el tiempo y, al fin y al cabo, carecía de cualquier indicio que avalara su autenticidad.

Me centré de nuevo en la realidad y decidí convocar a los principales miembros del equipo. Sobre la mesa del despacho había dispuesto un plano de las excavaciones, al que había añadido nuevas acotaciones y apuntes por mi cuenta. Hans, Sonia y Reinaldo se situaron en torno al plano y observaron la cruz sobre la que posé mi dedo índice. Me había limitado a hacer realidad un deseo de Erick, según el cual pretendía ampliar la zona excavada a una zanja aledaña, situada algo más al norte.

—La tierra de este área es particularmente árida —terció Hans—. La prospección resultará bastante dificultosa.

—¿Podremos alcanzar la roca madre? —preguntó Sonia.

—Es posible —replicó el alemán—. Calculo que se hallará a unos tres metros bajo el nivel del suelo.

En aquel contexto, Hans se mostraba resuelto y derrochaba total confianza. Sin embargo, fuera del recinto arqueológico, apenas era capaz de sostener una conversación a solas con una persona del sexo opuesto, y mucho menos con Sonia, a la que observaba con un especial brillo en la mirada.

—Erick creía que en los primeros niveles podríamos detectar restos de construcciones primitivas —precisé.

—¿Viviendas *hare paenga*? —inquirió Hans.

Asentí. Las *hare paenga* eran casas construidas sobre una capa de piedras de basalto, con forma de canoa invertida, y una única entrada a nivel del suelo tan estrecha, que permitía el paso de una sola persona a la vez.

Reinaldo escrutó el plano con los ojos entornados y pidió que nos desplazáramos al lugar exacto para efectuar una evaluación in situ.

Salimos y nos dirigimos al punto indicado, sin alejarnos demasiado del *ahu* Vinapú, al que continuábamos considerando el eje central de la excavación, en torno al cual debían pivotar todas las perforaciones. Hans se agachó y palpó el terreno, calculando su dureza. Reinaldo, mientras tanto, se paseó arriba y abajo, muy concentrado en lo que hacía, con los ojos cerrados y una expresión serena grabada en su rostro hierático.

—Don Germán —dijo por fin—, no deberíamos excavar aquí. La presencia de los *aku-aku* es muy fuerte y los espíritus guardianes me han transmitido su firme voluntad de proteger este lugar a ultranza. De todas maneras, pierda cuidado, no hallaremos nada de valor en este sitio.

Suspiré hondo.

—Reinaldo, sabes que te tengo en alta estima, y también que respeto tus creencias. Pero mis decisiones, al igual que las de Erick, se basarán siempre en criterios puramente científicos.

103

Reinaldo buscó a Sonia con la mirada, reclamando apoyo para su causa. La joven arqueóloga, sin embargo, agachó la cabeza y evitó salir en defensa del capataz. Definitivamente, las nuevas generaciones de pascuenses ya no comulgaban con ciertas ideas del pasado, más propias de personas de cierta edad.

El viejo capataz le lanzó a Sonia una mirada fulminante y después canalizó su indignación hacia mí.

—Erick habría tenido en cuenta mi opinión —espetó.

—No es cierto, Reinaldo —repliqué disgustado—. Sabes tan bien como yo que no siempre lo hacía.

El capataz apretó puños y dientes, incapaz de aceptar que le hubiese contrariado.

—¡No deberías ignorar mi criterio! —estalló—. Yo pertenezco al linaje de los «orejas largas». Soy un genuino descendiente de Ororaina y sus herederos.

Le sostuve la mirada en silencio y, finalmente, Reinaldo se dio media vuelta y se marchó, farfullando consignas en rapanui.

—¿Qué dice? —pregunté.

—Me culpa —explicó Sonia—. A mí y a todos los jóvenes por dejar morir ciertas creencias de sus antepasados. Pero se confunde al mezclar creencias y tradiciones. Mi escepticismo hacia los *aku-aku* no es incompatible con el compromiso que siento hacia las costumbres de mi pueblo, que como tantos otros jóvenes, estamos dispuestos a defender a toda costa.

El resto de la mañana transcurrió sin que se registraran nuevos incidentes. Reinaldo se fue calmando y poco tiempo después recuperó su temple habitual. Probablemente permanecería tranquilo hasta el día en que acometiésemos la apertura de la nueva zanja, momento en que volvería a manifestar su más enérgica oposición.

La jornada nos proporcionó el hallazgo de algunos restos óseos, tanto de procedencia humana como animal, que recogimos y clasificamos para su posterior estudio y sometimiento al método de datación del carbono 14.

En torno al mediodía, un coche apareció en el camino que conducía a la excavación, perturbando la paz que impregnaba el solitario paraje. Para mi sorpresa, del vehículo descendió el gobernador de la isla, que agitó la mano en señal de saludo y enfiló a renglón seguido sus pasos hacia mí.

La visita del gobernador me cogió totalmente desprevenido. El día que llegamos a la isla nos recibió con todo tipo de parabienes, y también se puso inmediatamente a nuestro servicio para resolver cualquier contratiempo que obstaculizase nuestra tarea. No obstante, no le había vuelto a ver desde entonces, ni tampoco me constaba que hubiese mostrado interés alguno por los progresos que habíamos realizado hasta la fecha, por lo que su extraña presencia allí no me hizo presagiar nada bueno.

Me dirigí hacia la caseta prefabricada y le hice señas al gobernador para que nos reuniésemos allí, donde nos encontraríamos algo más resguardados del asfixiante calor. El gobernador atravesó el yacimiento arqueológico oteando a su alrededor y escudriñando las zanjas abiertas, sin que de sus labios asomase el menor atisbo de una sonrisa. El cargo que ostentaba le convertía en el máximo representante del gobierno chileno, y por tanto, en la autoridad más importante de la isla.

Tan pronto estuvo a mi altura, me estrechó la mano con firmeza y me transmitió su pesar por la terrible muerte de Erick. Fue la única concesión que se permitió.

El gobernador era un hombre alto y de porte elegante, cuyo atractivo se veía lastrado por una formidable calva que nacía en la coronilla y amenazaba con extendérsele por todo el perímetro de la cabeza. Se llamaba Mario Ubilla, y ni que decir tiene que se trataba de un chileno del continente. El gobernador tomó asiento y depositó el maletín que traía consigo encima del escritorio. A continuación sacó un puñado de papeles y comenzó a revisar su contenido, para acabar arrojando sobre la mesa un documento tras otro como si disparase una andanada de proyectiles silenciosos.

—Iré directo al grano, sin rodeos —espetó—. El gobierno chileno ha revocado la autorización de que gozaba para llevar a cabo su excavación arqueológica.

Habría preferido recibir una bofetada antes que aquella noticia, para la que no hallaba ninguna explicación posible. Erick había recabado todos y cada uno de los permisos necesarios para efectuar una prospección en suelo extranjero y, desde luego, había obtenido las bendiciones tanto del gobierno chileno como del resto de los organismos implicados. Incrédulo, comencé a revisar los documentos que el gobernador había dispersado sobre la mesa.

—Pero...

—La decisión es firme e irrevocable —me interrumpió.

No cabía duda de que se había dado una prisa extraordinaria en cumplimentar aquel interminable papeleo.

—Hablaré con los patrocinadores de la excavación — repliqué.

—Hágalo, ellos también serán notificados.

La frialdad en su tono de voz, unida a la fiereza de su mirada, me hizo sospechar que el papel del gobernador en aquella singular opereta sobrepasaba al de un simple mensajero. Su arrogante actitud, de hecho, apuntaba a que él mismo había sido uno de los principales instigadores de la decisión.

—Creo que al menos nos merecemos una explicación — rebatí—. No es justo que después de la importante inversión que hemos realizado, tengamos que dejarlo ahora cuando los trabajos comenzaban a dar sus frutos.

La rígida expresión del gobernador cambió por vez primera para dar paso a una especie de sonrisa pretenciosa.

—Descuide, ustedes serán debidamente compensados por el gasto realizado hasta la fecha —explicó—. Pero se equivoca en una cosa. La excavación continuará adelante tal y como estaba prevista, si bien a partir de ahora lo hará bajo el mando de las autoridades chilenas. Y sepa usted que, entre otras medidas, desplegaremos a nuestro propio equipo de arqueólogos.

Más leña al fuego. De entrada mi confusión se acrecentó aún más si cabía, hasta que un instante después, creí comprender lo que estaba pasando. Todo aquello venía por la afirmación realizada por Erick antes de morir, acerca del hipotético gran descubrimiento que pondría a la comunidad científica patas arriba. De un modo u otro, aquella información había llegado a oídos del gobernador, que para curarse en salud había decidido tomar cartas en el asunto. Ciertamente, existían numerosos precedentes en que tras un importante descubrimiento antropológico, había estallado un conflicto entre el equipo científico extranjero y las autoridades del país en cuyo territorio se había producido el hallazgo. A veces, los arqueólogos ocultaban el hecho durante un tiempo para poder efectuar sus investigaciones en secreto, excluyendo en todo

106

momento a las autoridades locales, que por ley debían ser puestas en conocimiento del asunto. En otras ocasiones impedían también a otros científicos el acceso a los restos, de modo que tan solo podían ser analizados por sus descubridores, evitando así que se publicasen otras conclusiones distintas de las suyas. El catálogo de malas prácticas, en realidad, poseía una amplia casuística.

Sea como fuere, resultaba evidente que el gobernador había dado cierto crédito a las palabras de Erick, hasta el punto de haber decidido apropiarse del plan de excavación propuesto por el noruego y asegurarse así para el gobierno chileno la autoría del supuesto descubrimiento.

—La actividad arqueológica cesará en este momento y dejarán el yacimiento exactamente tal y como se encuentra ahora mismo.

Me desinflé como un globo y, resignado, asentí con la cabeza. La batalla estaba perdida y nada ganaría montando una escena. Aquella maniobra, sin embargo, no le reportaría al gobernador ningún beneficio. Desde mi punto de vista, y aunque por el momento se tratase de tan solo una sospecha, la clave del descubrimiento no estaba en el yacimiento, sino en la nota que yo había recibido. Solo el anónimo emisario de la misma poseía la llave que podía conducirnos hasta «el secreto mejor guardado de la isla» —según sus propias palabras—.

Poco a poco sentí crecer la indignación dentro de mí. Las enigmáticas palabras de Erick eran absolutamente confidenciales, por cuanto formaban parte de la investigación policial en curso. Sin embargo, de un modo u otro, el gobernador había sido informado, y aquella revelación debió de bastarle para meter las narices en el asunto. O mucho me equivocaba, o el soplo procedía directamente del comisario Villegas, a quien me había propuesto visitar en ese mismo momento.

En cuanto se marchó el gobernador, reuní a todos los integrantes que participaban en la excavación y les comuniqué la noticia de forma clara y concisa, rehuyendo cualquier tipo de sentimentalismo.

—Antes de iros —dictaminé—, dejad las herramientas y utensilios en su sitio.

Me pidieron explicaciones que yo no les podía ofrecer: el gobernador, les aseguré, tampoco me las había dado a mí. Otra cosa muy distinta eran las conjeturas que yo manejaba, que preferí guardarme para mí mismo.

Empujado por la rabia, abandoné a toda prisa el yacimiento arqueológico como un capitán que huye del naufragio de su propia embarcación. Las prisas me llevaron, incluso, a dejar a mis compañeros con la palabra en la boca.

Nada más llegar al pueblo puse rumbo a la comisaría, pasando de camino junto a la plaza de la Gobernación, la cual había sido ocupada por los clanes rapanui que reivindicaban la devolución de sus tierras. Los isleños habían instalado tiendas de campaña, y habían colocado también en paredes y fachadas un sinfín de carteles y pancartas con originales consignas de protesta. Deseaban que el conflicto se resolviera de forma pacífica, pero amenazaban con resistirse hasta las últimas consecuencias si las autoridades empleaban la violencia contra ellos. Desde luego, saltaba a la vista que se hallaban magníficamente organizados y que sus medidas de presión debían ser tomadas muy en serio. Las parrillas que habían montado para cocinar sus alimentos ponían de manifiesto que los rapanui estaban dispuestos a prolongar la ocupación durante el tiempo que fuese preciso.

La comisaría era un caos de voces, nervios y agitación. Dos carabineros atendían al teléfono que no paraba de sonar, tomando notas a toda prisa, mientras un tercero iba y venía dejando informes encima del escritorio de Esteban. Di unos pasos sin que nadie me lo impidiera y observé al comisario hundido tras la mesa de su despacho, enfrascado en una conversación telefónica en la que apenas intervenía. Esteban había fijado sus ojos en el último parte, sin dejar de asentir al discurso que su interlocutor escupía a través de la línea.

Poco después colgó el auricular y alzó la mirada para toparse conmigo en el umbral de la puerta con cara de muy pocos amigos. Con todo, no quiso hacerme esperar y me invitó a pasar con un gesto de cabeza.

—El gobernador ha cancelado la excavación —anuncié de repente, sin mediar un saludo previo o tomar asiento siquiera—. Y creo que se lo debemos a usted. ¿Me equivoco?

Su expresión fue de absoluta indiferencia. El asunto, evidentemente, le importaba bien poco.

—Germán, ya sé por dónde va —repuso—, pero no debería ser tan ingenuo. Mi obligación, como comprenderá, es informar al gobernador de todo cuanto acontezca en la isla. Lo cual incluye hasta el menor de los detalles, especialmente si son de la naturaleza que usted me confió. —El comisario no daba muestra alguna de sentirse avergonzado por su propia filtración—. Mario es quien manda en esta isla y para él no tengo secretos. Pero no se equivoque, le advierto que las decisiones políticas del gobernador ya no son cosa mía.

Negué con la cabeza, tremendamente indignado por su escasa muestra de profesionalidad.

—Me tranquiliza saber que estamos en buenas manos —repliqué con sarcasmo.

—¿Sabe acaso la situación a la que me enfrento en este preciso instante? —contraatacó—. Incluso la investigación del asesinato de su colega ha pasado a un segundo plano. Se acaba de declarar una revuelta sin precedentes en la isla. Cientos de rapanui han tomado un buen número de edificios públicos: el ayuntamiento, el juzgado, el banco del Estado, el centro cívico y la plaza de la Gobernación. Y hasta se han atrevido con el hotel Hanga Roa, donde se aloja la flor y nata del turismo de la isla. Mis fuentes me informan de que se están abasteciendo de machetes y palos, y que están fabricando cócteles molotov. También me consta que planean impedir el tráfico aéreo, instalándose para ello en mitad de la única pista del aeropuerto de Mataveri.

Chorros de sudor frío se deslizaban por los amplios carrillos del comisario.

—Germán, no tengo tiempo para usted. La isla atraviesa un momento extremadamente delicado. Acabo de mantener una conversación con el alto mando y, según he sido informado, un avión Hércules de la Fuerza Aérea está despegando del continente cargado con un contingente de fuerzas especiales de carabineros. Desde las altas esferas están dispuestos a sofocar esta revuelta por la vía rápida, y le aseguro que a los que toman las decisiones no les va a temblar la mano.

Yo permanecía de pie, mientras que Esteban continuaba repantingado detrás de su escritorio. Manteníamos la mirada clavada el uno en el otro y, durante varios segundos, ninguno pronunció palabra. Ya iba a dar media vuelta cuando, de repente, lancé una pregunta al aire sin calcular el posible alcance de sus consecuencias.

—¿Encontrasteis por casualidad en alguno de los bolsillos de Erick una extraña nota manuscrita en lengua rapanui?

El comisario arrastró la silla hacia atrás y se levantó como un resorte, los ojos como platos y la mirada reluciente. Su reacción no solo constituía la prueba más evidente de la autenticidad de la nota que había recibido, sino que además respaldaba la hipótesis que yo había barajado desde un principio: la persona que me había dejado la misteriosa misiva se había servido previamente de Erick para conducirle hasta el presunto hallazgo, cuyo posterior asesinato le había supuesto tener que recurrir a mí.

—¿Cómo sabe lo de la nota? —inquirió Esteban, que se había cuidado muy mucho de mantener aquel dato en secreto—. ¿Acaso Erick se lo había contado?

Si le confesaba la verdad, la policía se entrometería en el asunto y seguramente ya no volvería a recibir nuevos mensajes. Pero… ¿qué patraña podía contarle sin parecer que estaba de algún modo involucrado en el asesinato? Incapaz de improvisar una excusa, decidí que mi única alternativa pasaba por ganar algo de tiempo.

—Ya hablaremos en otro momento —declaré—. Se lo prometo. Es mejor que ahora se ocupe de la crisis que tiene entre manos.

Esteban rodeó la mesa y me sujetó del brazo cuando estaba a punto de abandonar el despacho.

—Está jugando con fuego —me advirtió echándome el aliento a la cara—. Hasta ahora no le había considerado un sospechoso, pero sepa usted que no tiene coartada. Es cierto que hasta las once estuvo en casa de la señorita Hanarahi, pero después no hay constancia de la hora a la que regresó a su residencial. Y no olvide que según el forense, el crimen se cometió en torno a la medianoche. —Miré a Esteban como si no le reconociera—. ¿Sorprendido de que sepa hacer bien mi trabajo?

No sabía si el comisario me había estado engañando desde el principio, o si por el contrario sus signos de inteligencia habían brotado de repente. Pero desde luego, ya no pensaba que fuese tan inepto como creía.

—Si me alojase en un hotel, la situación habría sido muy diferente —repliqué a la defensiva—. Usted conoce de sobra el funcionamiento de los residenciales. Los huéspedes entran y salen cuando quieren, sin que los encargados se enteren en la mayoría de los casos. Y mucho menos a ciertas horas de la noche.

El comisario trazó una sonrisa diabólica que me descolocó más si cabía.

—Le recuerdo que no solo tuvo la oportunidad, sino también el motivo. ¿O acaso no ambicionaba asumir la dirección de la excavación y acaparar todo el éxito para usted solo? Además, sus propios compañeros declararon que durante el día de autos le encontraron muy nervioso. Y ahora, como colofón, me sale con lo de la sospechosa nota que hallamos en el cadáver, de cuya existencia nadie, aparte del cuerpo de carabineros, tenía conocimiento.

Traté de conservar la calma porque yo me sabía inocente, pero me enfurecía que Esteban elaborase una teoría —sustentada más en indicios que en pruebas— que me señalase como el responsable de la muerte de Erick.

—¡No pienso quedarme aquí a escuchar más tonterías! —estallé—. ¡Si de verdad quiere encontrar al asesino de Erick, debería centrarse en averiguar quién estaba con él cuando me hizo la llamada que se cortó de repente!

No quise entrar en debates, que era justo lo que Esteban se proponía. Me zafé de su mano y dirigí mis pasos hacia la calle sin volver la cabeza. Según salía, todavía alcancé a escuchar las diatribas que el comisario gritaba tras de mí.

—¡Sé que me está ocultando algo, Germán! ¡Y ya me lo contará tarde o temprano! ¡Hablaré con el juez para que le retire el pasaporte! ¡No tiene donde esconderse! ¡Está usted atrapado en esta isla!

Deambulé por las calles de Hanga Roa desorientado y sin parar de darle vueltas a todo cuanto estaba ocurriendo. Podían haber transcurrido horas en vez de escasos minutos, si el teléfono móvil no hubiese interrumpido de improviso el hilo de mis pensamientos. Se trataba de Hans, que, más desconcertado aún de lo que yo me sentía, me reprochaba mi repentina espantada de la excavación.

Consulté el reloj y comprobé que ya era casi la hora del almuerzo, y pese a que no tenía apetito, decidí citar a Hans en uno de mis restaurantes predilectos, situado en la avenida principal de Hanga Roa, para ofrecerle compañía y algún tipo de explicación.

Enfilé la calle con las manos en los bolsillos, observando los caballos con que me cruzaba por el camino, montados por jóvenes rapanui de cuerpos musculosos y largas cabelleras negras, que se veían a sí mismos como los verdaderos soberanos de la isla. Cuando avisté el restaurante, Hans se bajaba de un taxi que le había llevado hasta allí.

—¿Qué está ocurriendo, Germán? —me dijo cuando me acerqué a él.

Su expresión agarrotada denotaba una profunda preocupación. Le tranquilicé y le hice pasar al interior del establecimiento, decorado a la manera polinesia y dotado de un acentuado ambiente tropical.

—Pide lo que quieras —le ofrecí cuando el camarero nos trajo la carta.

En el menú abundaban los pescados y mariscos; los precios eran elevados, pero estaban en sintonía con el resto de los locales de la isla.

—¿Cuál es nuestra situación? —inquirió, mucho más interesado en la conversación que en los suculentos platos que había para elegir.

—No lo sé —admití—. Supongo que desde Oslo tratarán de hacer todo lo posible por revocar la decisión de las autoridades chilenas. Protestarán por la vía diplomática y, si no da resultado, estudiarán el caso desde un punto de vista legal. Quizás exista algún resquicio que les permita hacer valer los permisos que nos habían sido concedidos —efectué una breve pausa—. Aunque, para serte sincero, dudo mucho que cualquier acción que emprendan llegue a prosperar. Tal como yo lo veo, esta sucia maniobra ha partido del propio gobernador de la isla, que se va a oponer a toda costa.

Hans echaba alguna que otra mirada distraída al menú; probablemente su apetito era tan escaso como el mío.

—¿Crees que nos habrían arrebatado la excavación si Erick aún siguiera con vida?

Por mi mente cruzó entonces un pensamiento fugaz. ¿Podría estar el gobernador Mario Ubilla implicado de algún modo en la muerte de Erick, para hacerse así con las riendas de la excavación? Sacudí la cabeza y me apresuré a olvidar aquella perversa idea, convencido de que comenzaba a ver fantasmas donde no los había.

—Lo digo —prosiguió Hans—, por la estrecha relación que Erick tenía con el gobernador.

Aquella afirmación me sorprendió. Me constaba que la relación entre ambos era cordial, pero no hasta el punto que Hans había dicho.

—¿Una estrecha relación?

—Sí. Erick llamaba al gobernador con bastante frecuencia desde la excavación, supongo que para ponerle al día de los progresos realizados.

Yo mismo le había visto hablar de vez en cuando por el teléfono móvil, pero tampoco me había preocupado de averiguar con quién lo hacía. Aquella información cambió por completo mi forma de considerar el caso. Desde esa nueva perspectiva, cabía entonces la posibilidad de que Erick también hubiese llamado al gobernador la misma noche del asesinato. ¿Podría ser Mario Ubilla la persona que estaba con él? En tal caso, poco importaba que el comisario le hubiese desvelado lo del supuesto hallazgo, porque el gobernador ya tendría conocimiento del mismo por boca del propio Erick.

Hans aún aguardaba una contestación a su pregunta inicial.

—Lo siento, Hans. Me temo que nunca sabremos la respuesta —me limité a decir.

Hans agachó la mirada. Tras sus gruesas gafas de cristal, ofrecía una imagen de absoluto desamparo.

—¿Y qué se supone que debemos hacer ahora?

—Aguardar unos días hasta que la situación se resuelva de forma definitiva. De momento, y mientras no nos digan lo contrario, ambos seguimos en nómina de los noruegos. Tómatelo como unas vacaciones.

Hans resopló, visiblemente contrariado.

—Me duele muy dentro —confesó—. Estaba muy comprometido con el proyecto y ya me había hecho a la idea de pasar varios meses en la isla.

—Tienes un futuro brillante —señalé—. Te surgirán otros proyectos. Otras excavaciones arqueológicas.

—Pero no como esta —replicó—. No en la Isla de Pascua. Este lugar encierra un embrujo como no existe en ningún otro lugar del planeta. No sé cómo describirlo, pero desde que uno aterriza en la isla, es imposible escapar al magnetismo que desprende.

Asentí y sonreí para mis adentros. Yo también experimenté aquellas mismas sensaciones en mi primer viaje, hacía once años. No obstante, en el caso de Hans, sospechaba que la isla no era de lo único que se había enamorado.

De repente, Hans pareció alterarse como antes nunca lo había hecho. Se inclinó hacia delante con el rostro contorsionado por el miedo y me agarró del antebrazo apretándolo con fuerza.

—Germán —graznó afectado—, júrame que harás todo lo posible para evitar que nos arrebaten el proyecto.

—Te doy mi palabra —afirmé de inmediato, ligeramente asustado ante su inesperada reacción.

Hans murmuró una disculpa por su arrebato y se reclinó de nuevo sobre la silla, mientras su rostro se recomponía hasta recuperar su inofensivo aspecto habitual.

—¿Y qué harás tú? —inquirió.

Por un instante, a punto estuve de contarle la intriga en la que me había visto envuelto a raíz de la recepción de la misteriosa nota. Sin embargo, estaba resuelto a no involucrar a nadie más en aquel peligroso asunto.

—Descansar —mentí.

Comimos prácticamente en silencio, observando con cierta envidia las caras de felicidad de los turistas que llenaban el resto de las mesas —era temporada alta y el número de visitantes crecía de manera exponencial—. Después nos despedimos el uno del otro con una palmada en el hombro y algunas palabras de ánimo, que el viento se encargó de disipar antes incluso de que salieran de nuestros labios. Hans pidió un taxi. A mí, en cambio, me apetecía pasear.

A la vuelta pasé de nuevo junto a la plaza de la Gobernación. La presencia de manifestantes y pancartas de protesta se había multiplicado. Una enorme bandera pascuense, con su característico *reimiro* estampado en color rojo sobre un reluciente fondo blanco, ondeaba desde el punto más alto del lugar. Distinguí a Sonia entre la multitud, caminando junto a su abuelo y a otro hombre de etnia rapanui al que todos parecían profesar un respeto reverencial. Aquel carismático individuo se prestaba a conversar con las familias allí concentradas, manejándose como un político de altura. Escuchaba cuando debía y también arengaba cuando se le presentaba la ocasión.

Deseé pasar desapercibido, pero Sonia reparó en mi presencia y se dirigió rápidamente a mi encuentro. A su espalda, Tulio me dedicó una triste sonrisa y alzó la mano en señal de saludo.

—Germán, ¿cómo estás? —terció Sonia cuando hubo llegado a mi altura.

—Bien —repuse—. Y perdona mi actitud. No debí abandonar la excavación del modo en que lo hice.

Sonia compartía mi frustración y, con un vago gesto de la mano, le restó importancia a mi estampida.

—¿Quién es el señor que acompaña a tu abuelo? —pregunté.

—Es Lázaro Hereveri, el presidente del Consejo de Ancianos —explicó—. Y aunque apoya la revuelta por descontado, le preocupa el cariz que está tomando el asunto.

Observé a Lázaro estrechando manos e intercambiando pareceres con los líderes de los clanes más afectados por la privación de sus tierras. Su cabello corto y cano le confería cierto aire distinguido.

—Lázaro es tremendamente popular —señaló Sonia—. Pero por desgracia no está en su mano resolver ciertos problemas.

—Me dijiste que a cada miembro del Consejo de Ancianos se le asignaba un símbolo del universo rapanui —comenté genuinamente interesado—, y recuerdo que tu abuelo poseía el del *moai*. ¿Cuál le corresponde a Lázaro?

—El *tangata manu* u hombre pájaro —señaló Sonia.

—Desde luego —murmuré—. Tendría que haberlo supuesto.

Sonia abrió la boca para hablar, pero pareció arrepentirse en el último momento. Advertí que me miraba con excesiva gravedad. A continuación lo intentó de nuevo, hasta que por fin le brotaron las palabras en forma de torrente.

—¿Crees que el gobierno chileno nos ha arrebatado la excavación por culpa del supuesto gran descubrimiento que Erick mencionó poco antes de que le mataran?

Sonia había llegado por su cuenta a la misma conclusión que yo.

—No puede haber otra explicación —admití.

—Pero lo de Erick tuvo que ser una broma. No hay nada que respalde la veracidad de su afirmación. Tú mismo lo dijiste, ¿no es cierto?

Y así era, al menos hasta que recibí la nota que abrió la caja de los truenos.

—Mario Ubilla no habrá querido correr el más mínimo riesgo —manifesté—. De estar en lo cierto, el gobernador se apuntaría el mejor tanto de su carrera.

Unos críos corretearon delante de nosotros, persiguiendo entre risas a un perro callejero. Aquella visión pareció recordarle a Sonia un asunto que le rondaba por la cabeza.

—Germán, he oído un rumor... —Sonia vaciló, pero finalmente se expresó con absoluta claridad—. ¿Es cierto que eres el padre de Maeva?

Lo admití abiertamente. Ocultarlo ya no tenía sentido.

—Increíble —declaró sonriendo—. Hanarahi se negó siempre a revelar la identidad del padre de Maeva. Sabíamos que no era nadie de la isla, pero eso es todo.

—Yo mismo no lo he sabido hasta hace tan solo unos días.

—Maeva es una niña excepcional —elogió Sonia entusiasmada.

—¿La conoces?

—Todos nos conocemos en la isla, Germán.

—Pues vete preparando, porque Maeva está dispuesta a seguir tus pasos. Dice que quiere ser arqueóloga.

Sonia rio con ganas. Después se instaló un silencio entre ambos que nos devolvió a las preocupaciones que nos acosaban y que no podíamos ignorar. Fue en ese momento cuando reparé en sus alhajas. Sonia lucía unos pendientes de plata que representaban la hermosa figura del *manu piri*. Enseguida comprendí que aquellos pendientes, así como el colgante que hallaron entre las pertenencias de Erick, formaban parte del mismo conjunto. ¡Era a Sonia a quien recordaba haber visto llevándolo alrededor de su cuello! Aquello me descolocó por completo. No sabía qué pensar y decidí no decir nada en ese momento... y sin embargo, un hilo de sospecha ya se había instalado en mi mente.

—¿Y qué se supone que debemos hacer ahora? —inquirió Sonia rompiendo el silencio.

—Si yo fuera tú, hablaría con el gobernador —repuse—. La excavación se reanudará bajo una nueva dirección y con un equipo constituido íntegramente por arqueólogos chilenos. Sin duda, nadie merecería más que tú formar parte del nuevo equipo.

Sonia giró su rostro afilado y contempló al grupo de manifestantes que se concentraban en la plaza. Después volvió a clavar su mirada en mí.

—Soy chilena, pero también rapanui. Y el haber trabajado con vosotros tampoco creo que me favorezca. Dudo mucho que Mario Ubilla me quiera ver por allí.

No lo dije en voz alta, pero tampoco hizo falta. Sonia leyó en mi rostro que yo coincidía plenamente con su opinión.

Atravesé el frondoso jardín del residencial y recalé en mi habitación evitando tropezarme con Gloria Riroroko. Pese a su habitual talante risueño, en aquel momento no me apetecía hablar con la buena señora ni tener que darle explicaciones sobre mi inusual presencia allí, en lugar de estar en el yacimiento arqueológico. Tampoco me crucé con ningún otro huésped por los pasillos y zonas comunes.

Agradecí refugiarme en la habitación durante las horas en que el sol golpeaba con más fuerza. El cuarto era amplio y la acogedora mano de doña Gloria se notaba hasta en el menor de los detalles. La cama de matrimonio estaba flanqueada por dos mesitas de noche de mimbre, y en la pared opuesta descansaba un escritorio de madera que me permitía apoyar una montaña de libros y mi discreto ordenador portátil. Una ventana con vistas a la bahía por la que se colaba la íntima fragancia de la isla no me permitía olvidar ni por un solo segundo que me hallaba en uno de los lugares más cautivadores del planeta.

Me eché en la cama envuelto en un mar de dudas. ¿Me dejaba guiar por el anónimo autor de la nota, o desistía de aquella peligrosa intriga y le confesaba todo lo que sabía al comisario Villegas? Si aceptaba proseguir la búsqueda por mi cuenta, debía depositar la nota al pie del *moai* más solitario de Anakena aquella misma tarde, antes del ocaso. De lo contrario, se suponía que estaría admitiendo mi renuncia al desafío. ¿De verdad estaba dispuesto a seguir adelante sabiendo de lo que era capaz el asesino? A priori, la antena de langosta alojada en las entrañas de Erick debería disuadirme de aquella idea. Sopesé los pros y los contras desde un punto de vista analítico, pero también me detuve a estudiar lo que sentía. Y no me sorprendió descubrir que, por el momento, la curiosidad superaba al miedo por una amplia diferencia. Finalmente, resolví continuar con la empresa, aunque juré andarme con pies de plomo y abstenerme de heroicidades o proezas. El terrible destino sufrido por Erick continuaba muy presente en mi memoria.

El sopor me acabó venciendo y caí en brazos de un sueño ligero por espacio de una hora. Al despertar me froté los ojos y comprobé que el sol se había desplazado lentamente por la bóveda del cielo. Tras comprobar que la nota continuaba a buen recaudo en un compartimento de mi cartera, abandoné el residencial para citarme con el destino que yo mismo había elegido para mí.

Encaminé mis pasos hacia un hotel cercano que contaba con un eficiente servicio de alquiler de autos. La playa de Anakena se encontraba en el extremo opuesto de Hanga Roa, en la costa norte de la isla, y se necesitaba un medio de transporte para llegar hasta allí. Me facilitaron las llaves de un *jeep* blanco que estaba aparcado en la acera de enfrente. Se veía algo deteriorado por el paso de los años y el constante traqueteo, pero era un vehículo barato y cumplía sobradamente mis exigencias.

Abriendo la puerta delantera, un grito lejano me hizo detenerme en seco.

—¡Papá!

El alma se me cayó a los pies en cuanto avisté a Maeva corriendo calle abajo. Con tantos frentes abiertos, ni siquiera me había parado a pensar en las consecuencias que, para mi hija, se derivarían de la repentina decisión del gobernador. Maeva contaba con mi presencia durante una larga temporada de varios meses; sin embargo, tras el cierre de la excavación, probablemente tuviese que abandonar la isla en tan solo unos pocos días. A Maeva se le partiría el corazón cuando se enterase de la noticia. No podía decírselo todavía.

Maeva se detuvo poco antes de llegar hasta mí, obligada a recuperar el aliento tras el esfuerzo de la carrera. Sus ojos brillaban como cristales de obsidiana negra recién extraídos del cráter de un volcán. La besé en la mejilla y ella me rodeó el cuello con firmeza obsequiándome con un señor abrazo. No cabía duda de que después del encuentro del día anterior, Maeva se sentía mucho más cómoda a mi lado y el vínculo entre ambos iba adquiriendo poco a poco mayor solidez.

—¿Dónde estabas? Te he buscado por todas partes.

—Lo siento, Maeva. Hoy he tenido un día bastante fuera de lo común.

Maeva paseó la vista entre el coche y las llaves que yo sostenía en la mano.

—¿Adónde vas? —inquirió.

—A la playa de Anakena —confesé.

Maeva, que ya era toda una experta, me lanzó su mirada más sutil.

—¿Te gustaría acompañarme? —ofrecí, incapaz de resistirme a su plegaria silenciosa.

Para cuando quise darme cuenta, Maeva ya se había subido al *jeep* como una flecha y me esperaba acomodada en el asiento del copiloto con el cinturón de seguridad abrochado y una sonrisa de oreja a oreja.

Nos adentramos en los caminos interiores de la isla y dejamos Hanga Roa atrás. El *jeep* se deslizaba lentamente por una arteria de tierra cobriza, levantando nubes de polvo que parecían dejar una estela de niebla sucia a nuestro paso. A un lado y a otro divisábamos laderas cubiertas de hierba y las perezosas cumbres de los volcanes inactivos. No se veía un alma, salvo numerosos caballos salvajes que campaban a sus anchas por los enclaves más paradisiacos de la isla. Aquella tarde las nubes que sembraban el cielo desfilaban en perfecta armonía y se deshacían cuando llegaban al mar.

Maeva había iniciado una conversación en la que se mostraba muy interesada por saber más detalles acerca de mi familia en España. Así que le hablé largo y tendido de mis dos pequeñas criaturas, a quienes ella podía considerar sus hermanos de sangre.

—¿Les podré conocer algún día?

—Si consigues que tu madre te dé permiso, prometo llevarte conmigo algún día a España durante tu periodo de vacaciones —accedí.

—¿De verdad?

—No sé cuándo podrá ser, pero en cuanto se nos presente la oportunidad, ya nos ocuparemos de cuadrar las fechas —señalé—. Y si no fuera posible, me las arreglaré de algún modo para que sean mis hijos quienes vengan aquí.

Yo aproveché también para preguntarle a Maeva acerca de su madre. No entendía por qué Hanarahi había decidido permanecer soltera todo este tiempo. A Maeva le constaban al menos un par de relaciones más o menos serias, pero su madre se había mostrado siempre muy hermética y casi nunca había llevado a sus parejas a su casa. Maeva pensaba que Hanarahi no había conocido todavía a su hombre ideal, y que de todas maneras ella se sentía muy satisfecha en su papel de madre soltera.

Entre bache y socavón, y tras solo veinte minutos de trayecto, el *jeep* ascendió un último repecho para iniciar a continuación un suave descenso que nos perfilaba la visión de un horizonte azul en el que cielo y mar se confundían en una sola línea. La playa de Anakena era una franja de arena en forma de media luna, precedida de un palmeral y custodiada por siete parcos centinelas, frente a los cuales los visitantes adoraban retratarse. Los *moai* del *ahu* Nau Nau, por su escenario incomparable, eran de los más populares de la isla. Aparqué junto a unas garitas de madera donde los turistas podían surtirse de bebidas y comer por un módico precio generosas empanadas chilenas de carne.

Maeva y yo bajamos a la playa, salpicada de extranjeros que tomaban el sol sobre sus toallas o aprovechaban para bañarse en las aguas cristalinas del océano Pacífico. Nos sentamos en la orilla, sobre un manto de arena coralina que casi podía rivalizar en blancura con la nieve. La brisa marina nos acariciaba la piel y nos envolvía en un soplo de fragancia salobre.

—Sigue contándome la historia de la isla —me pidió Maeva—. ¿Cómo fue el periodo posterior a las guerras internas, una vez que ya se hubo instaurado el culto al hombre pájaro?

Celebré la sugerencia de Maeva y organicé mis pensamientos antes de iniciar la narración.

—Después la isla fue por fin descubierta a ojos del resto del mundo y cartografiada por vez primera para los mapas de navegación. El honor recayó en Jakob Roggeveen, un navegante holandés que en realidad perseguía un objetivo bien distinto. Roggeveen había organizado una expedición financiada por la

Compañía de las Indias Occidentales con el fin de hallar un continente mítico, conocido por el nombre de *Terra Australis*. Este continente se había instalado no solo en el imaginario europeo sino también en muchos de los mapas de la época, debido a la falsa creencia, sostenida desde tiempos de la Grecia clásica, de que debía de haber una gran masa de tierra en el hemisferio sur que hiciera de contrapeso a la masa conocida en el hemisferio opuesto.

»El almirante holandés inició su sensacional viaje partiendo de la isla de Texel, frente a la costa septentrional de los Países Bajos, el 1 de agosto de 1721. En su primera etapa atravesó el océano Atlántico, luego dobló el cabo de Hornos, y finalmente inició una ruta dispuesto a cruzar el océano Pacífico de Este a Oeste en busca de aquella supuesta tierra misteriosa llena de riquezas. Así fue como, el domingo 5 de abril de 1722, jornada de Pascua de Resurrección, Jakob Roggeveen descubrió por casualidad esta solitaria isla que bautizó con el nombre de la fiesta religiosa que se celebraba aquel día.

—Me gusta más el nombre de Rapa Nui.

—No es el nombre más antiguo —advertí—. Las viejas leyendas se refieren a la isla por el nombre de *Te pito o te henua*, es decir, «El ombligo del mundo»; o *Mata ki te rangi,* que significa «Ojos que miran al cielo».

Maeva me escuchaba con interés, mientras rastrillaba la arena con los dedos.

—¿Y cómo fue ese primer encuentro con los occidentales?

Sacudí la cabeza en silencio. La historia había demostrado en innumerables ocasiones las nefastas consecuencias del contacto entre civilizaciones tecnológicamente muy diferenciadas entre sí.

—Préstame atención —dije—. Te contaré lo que sucedió…

***

7 de abril de 1722
Bahía de Hanga Roa. Isla de Pascua

El almirante Jakob Roggeveen observó una vez más la isla a través de su inseparable catalejo. Tras la sempiterna neblina que envolvía su irregular contorno esculpido con abruptos farallones, se adivinaba un relieve ralo y sinuoso de un color gris verdoso muy característico de las superficies volcánicas. Pero había un extraño detalle que había llamado poderosamente su atención. ¿Eran efigies aquellas siluetas que aparecían desperdigadas a lo largo de la ladera de una colina, o se confundía con algún tipo de formación de origen natural?

Llevaban dos días fondeados frente a una isla que no figuraba en las cartas náuticas, a unas tres millas de la costa, discutiendo acerca de su futuro devenir. El capitán Bouman, su segundo de a bordo, abogaba por pasar de largo y continuar su camino tras el mítico continente que andaban buscando, del que aquella isla recién descubierta bien que podía formar parte. Pero Roggeveen, a diferencia de muchos navegantes, no había emprendido la exploración de mares distantes movido por intereses económicos, sino más bien por un afán aventurero que desde niño le había inculcado su padre, quien ejerció como docente en disciplinas estrechamente ligadas con la navegación de altura, como la astronomía, la geografía o las matemáticas.

El correoso oleaje zarandeaba la embarcación, cuyo cascarón crujía y gemía como si tuviese vida propia.

—¿Y bien? —Bouman, que se hallaba en cubierta junto al almirante, le presionaba constantemente para que tomase una decisión—. ¿Has evaluado ya los pros y los contras?

Sabían que la isla no estaba desierta porque habían divisado delgadas columnas de humo en el interior. Roggeveen deseaba desembarcar para llevar a cabo un reconocimiento de la isla, y recopilar también información acerca de las costumbres y modos de vida de sus primitivos pobladores. Y de paso aclarar también el misterio de las supuestas efigies, que no podía quitarse de la cabeza. Además, podían aprovechar la visita para avituallarse de vegetales frescos y rellenar sus reservas de agua, parcialmente agotadas.

El capitán Bouman, sin embargo, argumentaba que la exploración de una isla tan escasa en recursos no merecía la pena, especialmente si se tenían en cuenta los riesgos que entrañaba. Ciertamente, el agitado estado de la mar no aconsejaba un desembarco, y mucho menos en una bahía tan rocosa como aquella. Otro argumento de peso era el nulo conocimiento que tenían de sus habitantes. El presumible estado de salvajismo de los nativos bien podía desembocar en hostilidad frente a la desconcertante llegada a sus territorios de aquellos invasores lejanos. Lo único que Bouman deseaba en realidad era proseguir la travesía que les condujera a la Terra Australis, cuyo descubrimiento esperaba les hiciese inmensamente ricos.

El repentino grito de un marinero interrumpió los pensamientos de Roggeveen.

—¡Almirante! ¡Un nativo se aproxima a estribor!

Roggeveen y Bouman buscaron con la mirada el punto señalado y confirmaron de inmediato la aseveración del marinero.

—¡Rápido! ¡Arriad un bote y ayudadle a llegar hasta aquí! —ordenó el almirante, pese a la desaprobadora mirada que Bouman le lanzó sin el menor atisbo de disimulo.

Roggeveen observó acercarse al visitante y no pudo por menos que admirarse ante el coraje de aquel pobre diablo, que había recorrido la enorme distancia que le separaba del barco subido a una frágil canoa que hacía aguas por todos lados, y desafiando al encrespado oleaje que azotaba la bahía.

Pronto el nativo fue traído ante su presencia tras pisar el firme suelo de la cubierta del buque. El visitante, de piel oscura y complexión robusta, iba completamente desnudo, aunque cubierto de arriba abajo por elaborados tatuajes que representaban pájaros y otras extrañas figuras. Roggeveen se inclinó sobre el integrante más joven de la tripulación, llamado Roseendal, y le susurró que trajera algo para ofrecérselo al nativo en señal de bienvenida.

Mientras tanto, el indígena contemplaba con evidente fascinación las dimensiones del extraordinario navío: la gran altura de los mástiles, el señorío de las velas, y también el extraño material del que estaban hechos los cañones. Los marineros se habían agolpado en torno al nativo y observaban divertidos las evoluciones del encuentro. El visitante no daba muestras de nerviosismo, e incluso parecía sentirse cómodo en su papel de explorador.

Roseendal regresó enseguida con un vaso de vino que el nativo aceptó agradecido, pero que en lugar de bebérselo se lo *arrojó por encima de la cabeza. La tripulación estalló en estruendosas carcajadas, a las que no tardó en sumarse el indígena pese a no comprender el motivo de tanta hilaridad. A continuación, Roggeveen le mostró un espejuelo al nativo, que retrocedió espantado ante la imagen de su propio reflejo, tratando a renglón seguido de averiguar la causa de la aparición escudriñando en la parte trasera del cristal.*

Tras varios minutos de interacción inofensiva entre los representantes de ambas culturas, el indígena murmuró una letanía con los brazos alzados al cielo, como si rezara al dios de los suyos en señal de agradecimiento. Los presentes esperaron a que concluyera, momento que Roseendal aprovechó para sacar su violín y arrancarse con una animada melodía, que los marineros acompañaron enseguida con canciones obscenas cargadas de ingenio e ironía. El nativo daba claras muestras de deleitarse con semejante espectáculo, y cada vez que alguno de los marinos le tomaba de la mano no dudaba en bailar y brincar al ritmo de la música.

Finalmente, el indígena volvió a la isla a bordo de su canoa, provisto de una gran sonrisa y de varios presentes con los que Roggeveen le obsequió a modo de despedida: un espejo, unas tijeras y un collar de cuentas azules.

—Ahora el resto de los habitantes de la isla sabrá que nuestras intenciones son pacíficas y nos recibirán en consecuencia —le confío Roggeveen a Bouman—. De manera que desembarcaremos tan pronto amaine el temporal.

Al día siguiente, el navío europeo recibió la visita de una increíble cantidad de nativos. Algunos cubrieron el trayecto en sus precarias canoas y otros incluso a brazadas, pues demostrado quedaba que todos ellos eran excelentes nadadores. También los había que se presentaban con regalos —gallinas asadas y plátanos cocidos— como muestra de cordialidad.

No obstante, los indígenas hacían gala de tanta curiosidad por todo cuanto veían, que no dudaban en tomar posesión de lo que les venía en gana con mayor o menor disimulo. Uno de ellos accedió al comedor desde su canoa, a través de una ventana, y se llevó un mantel que había sobre la mesa como trofeo. El arrojo de los nativos alcanzó tal punto de descaro, que incluso los marineros veían cómo les arrebataban los sombreros de sus propias cabezas, para saltar a continuación por la borda con su preciado botín. Era tal la algarabía que se había formado, que en el buque reinaba cierta confusión por el modo en que se estaban desarrollando los acontecimientos.

El capitán Bouman, que desde el principio se había opuesto al contacto, se sentía más furioso que ningún otro.

—Son como aves de rapiña —espetó.

—Cálmate —rogó el almirante Roggeveen—. A partir de ahora los nativos que quieran subir a bordo tendrán que hacerlo por turnos. Además, ordenaré a la tripulación que vigile bien tanto sus enseres personales como los utensilios del navío.

Por fin, el 10 de abril se produjo la tan ansiada visita a la isla.

Un centenar de hombres distribuidos en tres botes atracaron en la playa, todos ellos armados hasta los dientes con sables y mosquetes: más valía tomar precauciones frente al imprevisible comportamiento de los nativos, pese a que hasta el momento no hubiesen dado señal alguna de hostilidad.

Así pues, mientras el almirante Roggeveen se adentraba en la isla con el grueso de la expedición, el capitán Bouman se quedaba en la playa a cargo de una veintena de hombres, con la misión de proteger los botes de la avidez de los indígenas.

La numerosa avanzadilla encabezada por Roggeveen marchaba en perfecta comunión, de manera ordenada, y manteniendo en todo momento la cohesión interna del grupo. Los nativos, en oleadas de cientos, les rodeaban y perseguían, obligándoles a abrirse paso a fuerza de codazos y empujones. Afortunadamente, los indígenas continuaban mostrándose pacíficos, sin que los europeos pudiesen apreciar que portasen armas de ninguna tipo.

Conforme avanzaban, Roggeveen fue satisfaciendo su espíritu explorador, haciéndose una idea aproximada del modo en que aquellas gentes vivían. Sus chozas, carentes de ventanas y provistas de un único acceso semejante al orificio de una madriguera, adquirían la forma de una embarcación invertida. La

125

sensación de claustrofobia se hizo patente entre los europeos, especialmente si se tenía en cuenta que aquellas viviendas estaban capacitadas para acoger a clanes enteros. A continuación observaron que los indígenas sembraban la tierra, y también que poseían corrales repletos de aves domésticas. Los principales cultivos eran de batata, plátano y caña de azúcar.

Algunos nativos se acercaban a Roggeveen tras deducir que se trataba del líder, para ofrecerle exquisitos manjares recién cocinados, que el almirante holandés rechazaba con educación. Al principio no alcanzó a comprender cómo podían cocinar sin ollas ni sartenes, ni recipientes de ningún tipo, hasta que pudo comprobar por sí mismo el modo en que lo hacían: los alimentos eran colocados entre piedras incandescentes, que cubrían con ascuas de carbón vegetal y hojas de varios tipos. A cambio de aquellas muestras de generosidad, los hombres de Roggeveen les correspondían con la entrega de bagatelas y fruslerías que hacían las delicias de los indígenas.

El almirante advirtió la ausencia de mujeres entre la multitud, excepto unas pocas de edad ya madura. Aquello le llevó a sospechar que las habían escondido de la mirada de sus hombres, llevadas al extremo opuesto de la isla, u ocultadas allí mismo, en las profundidades de las muchas cuevas que infestaban el lugar. También le llamó la atención el aspecto alargado de las orejas de algunos isleños, tras haberse estirado los lóbulos de manera artificial mediante la inserción de tacos de madera.

Roggeveen, por último, se dirigió entonces hacia donde se encontraban algunas de aquellas extrañas efigies que había divisado desde el barco, resuelto a desvelar al fin el misterio de su origen. Según se fue aproximando, le desconcertó comprobar que realmente se trataban de ídolos de enorme envergadura y hasta treinta pies de alto. Algunos se conservaban en pie, aunque la mayoría yacían derrumbados en el suelo. ¿Cómo podía ser que aquellos atrasados indígenas hubiesen construido estatuas de semejante magnitud, que ni siquiera había conocido en Holanda, cuando carecían hasta de los instrumentos más elementales para su transporte y erección, como maderos recios o cuerdas del grosor adecuado? «Imposible — se dijo Roggeveen—. Estos colosos debieron modelarlos con alguna especie de barro, que después cubrieron de grava».

Mientras tanto, el capitán Bouman aguardaba en la playa junto al destacamento de hombres que había quedado a su cargo.

Aquel grupo también comenzó enseguida a sentirse atosigado, pues otra horda de nativos se había situado a su alrededor, mirándoles con ojos curiosos y el ánimo resuelto. Poco a poco se fueron envalentonando, y atraídos por la llamativa indumentaria con la que iban ataviados, se arrimaban para palpar tan extravagantes ropajes, en particular los sombreros, por los cuales los nativos parecían sentir especial predilección.

Los indígenas aprovechaban cualquier despiste y, a las primeras de cambio, un par de sombreros ya habían volado de las cabezas de sus propietarios.

—¡No os dejéis robar, idiotas! —espetó Bouman—. Apartadlos cuando los tengáis encima.

Al mismo tiempo, algunos nativos se subieron a las barcas para comprobar su consistencia, y también para inspeccionar los enseres que había desperdigados sobre la cubierta. Bouman, que nunca había sido partidario de hacer un alto en la isla, ya empezaba a estar bastante harto.

—¡Sacadlos de los botes! ¡Aprisa! —ordenó—. ¡Y no permitáis que vuelvan a acercarse!

Roseendal, que se encontraba entre los presentes, lamentó no haber traído su violín, cuya alegre melodía habría servido para distraer a los indígenas mientras aguardaban el regreso del grueso de la expedición. Precisamente, Roseendal parecía haber hecho muy buenas migas con un nativo de no más de quince años, con cara de pillo y gestos de estar viviendo aquel increíble momento con gran excitación.

Fue entonces cuando, en un descuido, el joven indígena le arrebató a Roseendal un singular objeto que desde el principio le había llamado la atención: su mosquete.

—¡No! ¡Detente! —gritó Roseendal instintivamente, como si el indígena le pudiese comprender.

Roseendal trató entonces de correr tras el ladronzuelo, pero un compañero se lo impidió a la fuerza sujetándole firmemente por el brazo. Bouman había decidido hacerse cargo del asunto a su manera. El capitán alzó su arma de fuego y apuntó al joven nativo que huía en dirección opuesta.

El estruendo del disparo resonó en la playa y se propagó también a través de la meseta. Los indígenas se dispersaron en todas direcciones como un enjambre de asustadas avispas, aunque enseguida se volvieron a reagrupar. El muchacho yacía muerto sobre la arena, rodeado por un espeso charco de sangre que se extendía poco a poco alrededor de su maltrecha silueta. Algunos de los hombres de Bouman temieron la reacción de los nativos, y dejándose llevar por el pánico, no dudaron en disparar sus mosquetes siguiendo el ejemplo de su capitán. Pronto se inició una masacre y, en cuanto los indígenas fueron conscientes de los devastadores efectos que sobre ellos producían aquellos extraños artefactos, huyeron despavoridos hacia el interior de la isla.

Roggeveen escuchó la salva de detonaciones justo cuando se disponía a examinar un moai de cerca. Se temió lo peor.

—¡Regresemos a los botes! —decretó—. ¡Ahora!

El grupo del almirante desanduvo el camino a paso ligero y sin perder la cohesión, al tiempo que una caterva de nativos cada vez más abundante se cernía sobre ellos, algunos aparentemente disgustados y llenos de furia.

Tan pronto ganaron la playa, distinguieron a Bouman y sus hombres preparados para partir sobre los botes, y contaron también una decena de nativos abatidos bajo el fuego de sus mosquetes.

—¿¡Pero qué habéis hecho!? —bramó Roggeveen rojo de ira.

—¡Son salvajes! ¿¡Acaso no te lo advertí!? —le replicó Bouman—. ¡No nos han dejado otra opción!

El almirante negó con la cabeza y, muy a su pesar, ordenó la inmediata partida de la isla para evitar una tragedia mayor.

Poco después, y todavía confundidos, los nativos observaron alejarse a aquellos seres venidos desde el otro extremo del océano, mientras recogían los muertos que habían dejado atrás y aspiraban el olor a pólvora quemada que inundaba la playa de Anakena.

***

La mayoría de los turistas habían abandonado la playa, y ya éramos tan solo unos pocos los que permanecíamos allí. El murmullo de la marea impregnaba Anakena de una calma sobrenatural y placentera.

—¿Y los mataron sin más? —preguntó Maeva.

—Eran otros tiempos, otra mentalidad. A ojos de los occidentales, aquellos incivilizados indígenas no tenían ni la consideración de personas. Por no mencionar que los europeos actuaban a sabiendas de que gozaban de la más absoluta impunidad.

Maeva ocultó la cabeza entre las rodillas.

—En cualquier caso —proseguí—, resulta bastante llamativo que Jakob Roggeveen se fuera de la isla convencido de que aquellas imponentes esculturas tenían que estar hechas de arcilla, porque su mente no podía aceptar otra cosa.

»Pasaron casi cincuenta años hasta que la isla fue visitada de nuevo. En esta ocasión fueron los españoles quienes arribaron a Pascua (a la que rebautizaron con el nombre de San Carlos) a bordo de una fragata, con el fin de reclamarla para su reino. Después de tanto tiempo, los nativos parecían haber olvidado el trágico episodio protagonizado por la expedición del almirante holandés, pues recibieron a los españoles de forma pacífica y con grandes muestras de regocijo. De nuevo los hurtos supusieron un gran problema para los visitantes, aunque por fortuna, esta vez nadie la emprendió a tiros con los indígenas. Los españoles examinaron con mayor detenimiento aquellas increíbles esculturas, y para asegurarse de su verdadera naturaleza, golpearon una de ellas con un pico hasta que le hicieron saltar chispas. Por increíble que les pareciera, no les quedó más remedio que admitir que estaban esculpidas en piedra, pero su perplejidad seguía siendo tal, que incluso llegaron a dudar de que las estatuas se hubiesen fabricado en la propia isla.

»Cuatro años después, en 1774, los ingleses efectuaron un alto en Pascua al mando del célebre capitán Cook. Al igual que las otras veces, tuvieron un buen recibimiento, aunque la ausencia de mujeres le resultó a Cook bastante llamativa tras haber explorado a conciencia todo el territorio insular. El capitán inglés llegó a la conclusión de que debían ocultarse en las múltiples cuevas y grutas que salpicaban la isla, cuyo acceso les estaba vetado por los nativos.

»En 1786, el francés La Pérouse hizo también un alto en su travesía para realizar una fugaz visita de veinticuatro horas, pero en esta ocasión, mujeres y niños se dejaron ver por la isla con absoluta normalidad. La Pérouse fue admitido incluso en las galerías subterráneas donde antaño parte de la comunidad se había escondido de la mirada de los visitantes. El marino francés sospechaba que el buen comportamiento de los últimos exploradores habría hecho comprender a los indígenas que podían fiarse de los extranjeros.

»Tanto Cook como La Pérouse quedaron deslumbrados ante la grandiosidad de las estatuas, destacando los enormes problemas técnicos a los que tuvieron que enfrentarse sus creadores para transportarlas y erigirlas sobre los altares de piedra. Ambos coincidieron en que aquellos monumentos debían pertenecer a tiempos remotos, y que de ninguna manera los actuales pobladores podían tener nada que ver con ellos.

»Afortunadamente, aquellos primeros contactos con el mundo exterior apenas afectaron a la conservación de la cultura y costumbres de la población rapanui. Sin embargo, esa situación iba a cambiar de manera radical tan pronto dio entrada el siglo XIX, un periodo de consecuencias fatales para la isla.

»En 1805, una goleta norteamericana desembarcó en Pascua para reclutar mano de obra destinada a la caza de focas en las islas de Juan Fernández. Doce hombres y diez mujeres fueron raptados y subidos a bordo del navío. Al cabo de tres días de navegación, los cautivos fueron desencadenados y soltados en cubierta, momento que aprovecharon para lanzarse por la borda, pese a que lo único que les rodeaba era el vasto y ancho mar.

»A causa de lo sucedido, durante los años siguientes ningún otro navío pudo desembarcar en la isla, pues los nativos los recibían con abierta hostilidad, a base de golpes y pedradas.

»No obstante, los nativos volvieron a bajar la guardia, y en 1811 un buque ballenero desembarcó para proveerse de agua y legumbres frescas, y de paso hacerse con unas cuantas mujeres a las que subir a bordo para satisfacer sus instintos. A la mañana siguiente, las muchachas fueron arrojadas por la borda cerca de la orilla, y mientras regresaban a nado escuchando de fondo las risotadas de los marineros, el segundo oficial cogió entonces su fusil y comenzó a disparar desde el puente de mando, mientras el resto de la tripulación le vitoreaba por su excelente puntería.

»Después vino un periodo de relativa calma, hasta que en 1862 la Isla de Pascua sufrió el peor golpe de todos. Una flotilla de navíos peruanos fondearon en la bahía de Hanga Roa, donde esparcieron un sinfín de baratijas para atraer la atención de los indígenas. Los traficantes de esclavos cercaron entonces a los nativos, abatiendo sin piedad con sus armas de fuego a todos aquellos que se resistieron o trataron de huir. Un millar de pascuenses, entre los que se encontraban el *ariki* y los últimos sabios de la isla, fueron capturados y llevados a trabajar a las florecientes minas de guano, y también a las plantaciones del interior del Perú. Una vez que se tuvo conocimiento de los hechos, el obispo de Tahití solicitó ayuda al cónsul de Francia en Lima, quien intercedió en favor de los pascuenses. Finalmente, el gobierno peruano resolvió que los esclavos debían ser repatriados a su isla de origen. Sin embargo, para entonces novecientos de ellos ya habían perecido víctimas de enfermedades y de las penosas condiciones de vida. Y para colmo, de los cien que embarcaron en el navío que les llevaría de regreso, ochenta y cinco murieron durante el viaje, y los quince que lograron llegar con vida trajeron consigo la viruela, que se extendió rápidamente por toda la isla, aniquilando a la mayor parte de la población. En ese punto de la historia, los rapanui estuvieron al borde de su extinción, pues solo unos cuantos centenares de nativos lograron conservar la vida.

Al finalizar mi relato, observé que Maeva lucía una expresión pensativa, con la mirada perdida y los ojos acuosos. Por un momento temí haber sido demasiado explícito en los detalles, pero consideré que ella más que nadie merecía conocer las atrocidades de que había sido víctima su pueblo.

Una lengua de luz carmesí se extendía por las aguas del océano Pacífico, señal inequívoca de que el sol se replegaba tras su guarida en el universo. No había tiempo que perder. Si estaba en Anakena era para cumplir un propósito. Me puse en pie y me sacudí la arena que se había adherido al pantalón.

—¿Ya nos vamos? —Maeva parecía haber recobrado la compostura.

Algunos turistas aprovechaban la hermosa puesta de sol para fotografiarse frente al *ahu* Nau Nau y sus siete orgullosos *moai* perfectamente alineados. En el extremo opuesto de la playa, sin embargo, se alzaba un *moai* solitario del que todos parecían olvidarse. Sin duda, ese era al que se refería la críptica nota.

—Sí, pero antes hagámosle una visita al *moai* del *ahu* Ature Huki, que también se merece un poco de compañía.

A Maeva le entusiasmó la idea y se lanzó a la carrera pendiente arriba, dejándome atrás a las primeras de cambio. Nada más llegar, trepó con increíble agilidad la plataforma de piedra de metro y medio de alto, y me esperó de pie junto al *moai*, palpándole el contorno. Desde luego, además de buena escaladora, Maeva apuntaba maneras como arqueóloga y aventurera de primera categoría.

Llegué poco después y, tras alzar a Maeva en brazos, me ocupé de dejarla en el suelo con delicadeza: todo el conjunto arquitectónico del parque nacional Rapa Nui había sido declarado por la Unesco Patrimonio de la Humanidad, y estaba terminantemente prohibido subir a los *ahu* y tocar a los *moai* para evitar su deterioro.

—Este *moai* es bien feo —manifestó Maeva con la sinceridad propia de un niño.

Estiré el cuello y observé la descomunal escultura junto a mi hija, sin poder contener las risas. No obstante, Maeva no había dicho ninguna tontería. Aquel *moai* no respondía al perfil clásico de cabezas rectangulares y narices rectas, y tradicionalmente se asociaba a un periodo tardío en la historia de la isla, coincidiendo con el fin de la época de las construcciones megalíticas.

Extraje la nota de la cartera y miré a mi alrededor, esperando sorprender a alguien acechando en las cercanías. No había nadie, salvo los últimos turistas que se preparaban para abandonar la playa de Anakena. Respiré hondo varias veces seguidas y traté de convencerme de que no erraba en mi decisión. Finalmente, introduje el pedazo de papel en un resquicio entre dos piedras, de las muchas que sostenían la escultura. Elegí ignorar las posibles consecuencias de aquel gesto aparentemente inofensivo. Una parte de mí no quería ver el peligro que implicaba participar en aquella intriga, por mucho que actuase con cautela.

Cuando emprendimos el camino hacia el *jeep*, Maeva me tomó de la mano. Aquel afectuoso gesto me cogió desprevenido. Mi hija era a todas luces tremendamente despierta, resuelta y decidida. A buen seguro había salido a su madre. Desde el mar soplaba una reconfortante brisa, endulzada por el hipnótico rumor de las olas deshaciéndose en la arena.

—*Hangarahi au koe e vovo e* —dijo entonces Maeva, dedicándome la mirada más intensa que me había lanzado hasta ahora.

Fruncí el ceño en señal de necesitar una traducción urgente.

—Significa «te quiero» en rapanui —explicó, provocando que me estremeciese de pies a cabeza y que mi corazón se deshilachase como una madeja al escuchar por primera vez aquellas palabras de boca de mi hija.

—*Hangarahi au koe e vovo e* —repliqué lo mejor que supe, sosteniéndole la mano con firmeza, para que Maeva supiese que incluso cuando su padre no estuviese presente, me tendría siempre a su lado.

CAPÍTULO QUINTO

MARTES

Koahu rongo-rongo: el término se traduce como «tablilla parlante» o «báculo recitador». Se trata de un sistema de escritura descubierto en la Isla de Pascua, cuyos símbolos fueron incisos con puntas de obsidiana o dientes de tiburón, principalmente sobre tablillas de madera. Dichas tablillas se hallan cubiertas de signos por ambas caras, sin apenas espacio entre los mismos, formando un tipo de grafía continua típica de algunos sistemas de escritura antiguos. Pese a los múltiples intentos realizados por los mejores expertos del mundo, la escritura *rongo-rongo* permanece aún sin descifrar.

Bien entrada la mañana, todavía permanecía en la cama, a ratos dormitando y otras veces cavilando acerca de los hechos acontecidos recientemente en la isla. Cancelada la excavación por orden del gobernador, carecía de obligaciones y gozaba en cambio de todo el tiempo del mundo. Aletargado como una marmota, no hacía otra cosa que ignorar la luz que se filtraba a través de las persianas, hasta que una llamada de teléfono obró definitivamente el milagro y logró reavivar la llama de mis sentidos.

Era Hans Ottomeyer. Con voz frenética me explicó que en torno al hotel Hanga Roa se había creado una situación de conflicto entre los manifestantes rapanui y las fuerzas especiales chilenas que amenazaba con estallar de un momento a otro. Le agradecí la información y le aseguré que estaría allí en menos de diez minutos.

Me aseé a toda prisa y abandoné el residencial privándome del desayuno, sin que Gloria Riroroko pudiese dar crédito a lo que veía. Su estupefacción no solo se debía a mi escaso apetito, sino también a mi atípica indumentaria, por cuanto aquella mañana había decidido ataviarme con una llamativa camisa hawaiana que no casaba en absoluto con mi estilo habitual.

En cuanto llegué al hotel Hanga Roa, comprobé que la realidad que tenía ante mis ojos no distaba un ápice del escenario descrito por Hans. Dos furgones de carabineros se hallaban aparcados en una esquina, y un fuerte contingente policial, integrado por medio centenar de efectivos provistos de equipos de asalto —cascos y escudos—, acordonaba la zona correspondiente a la fachada del hotel. Un nutrido grupo de jóvenes rapanui aguardaba en la puerta, armados con palos y piedras, dispuestos a no dejarse intimidar por el dispositivo desplegado por las autoridades chilenas.

Al frente del fenomenal despliegue se encontraban el comisario Villegas y el gobernador Mario Ubilla. El comisario blandía el teléfono móvil junto a su oreja y caminaba en círculos para combatir los nervios, visiblemente agitado por la gravedad de la situación. El gobernador —tocado con un elegante sombrero que le cubría su grotesca calva— discutía acaloradamente con un individuo rapanui, al que no tardé en identificar como Lázaro Hereveri, el carismático presidente del Consejo de Ancianos. Mario sostenía en su mano un documento al que se aferraba con fervor, y que al parecer se trataba de una orden judicial obtenida en tiempo récord que autorizaba al inmediato desalojo del hotel Hanga Roa. Lázaro, por su parte, esgrimía un escrito de la Comisión Interamericana de Derechos Humanos, que abogaba por la resolución pacífica y negociada de aquel tipo de conflictos.

Localicé a Hans entre una multitud de curiosos que, situados a una distancia prudente, observaban la evolución de los hechos como si se tratase de una película. Me abrí paso entre la gente hasta llegar a la altura de Hans, que se sintió algo más calmado nada más verme. El geólogo alemán asentó sus pesadas gafas sobre el puente de la nariz y, tras exhalar un largo suspiro, me puso enseguida al corriente de la situación. Los rapanui habían desalojado de forma voluntaria los edificios públicos que mantenían ocupados para centrar todos sus esfuerzos en el hotel Hanga Roa. El lujoso establecimiento se había convertido en el caballo de batalla que aglutinaba todas sus reivindicaciones. El afamado hotel constituía la única propiedad que ya ni siquiera pertenecía al estado chileno, que a principios de los ochenta la vendió a un empresario privado del continente, vulnerando leyes preexistentes que impedían taxativamente aquel tipo de actuaciones. El asunto llevaba ya varios años en litigio, atrapado en un sinfín de recursos y apelaciones, sin que el clan afectado y propietario originario de las tierras avistase en el horizonte una resolución favorable.

—Esto no pinta bien —aduje.

Hans arrugó el entrecejo.

—Pues Sonia Rapu está dentro —repuso, con un brillo de preocupación en la mirada.

—¿En serio?

En ese momento se produjo el primer incidente digno de ser tenido en cuenta y que vino a caldear el ambiente aún más si cabía. Un colaborador de prensa rapanui que pretendía fotografiar lo que allí acontecía fue detenido por dos carabineros y arrastrado del lugar a la fuerza, sin contemplaciones de ningún tipo. Desde mi punto de vista, aquella constituía una señal inequívoca de que los cuerpos especiales estaban decididos a actuar, pese a los desesperados intentos de Lázaro Hereveri por impedir una resolución violenta del conflicto. Apostaría lo que fuera a que el comisario Villegas, que seguía cosido al teléfono móvil, aguardaba pacientemente la orden directa de sus superiores para autorizar la intervención.

Pese a la complejidad de la situación, alenté a Hans para que fuese a buscar a Sonia y la sacase de aquel enredo con la mayor brevedad posible. Su rostro se contorsionó por la culpa. Una parte de él lo deseaba más que ninguna otra cosa, pero la parte que le impedía moverse del sitio era mucho más fuerte. Definitivamente, por más que le insistiese, Hans no parecía dispuesto a tomar la iniciativa.

Ante la atónita mirada del alemán, me separé del grupo de espectadores y, sorteando el cordón policial en una sutil maniobra, me encaminé hacia el hotel Hanga Roa dispuesto a advertir a Sonia del peligro que corría si permanecía en su interior en el momento del asalto.

El primer obstáculo con el que me topé lo constituía la cuadrilla de jóvenes rapanui que protegía de forma aguerrida la entrada del hotel. Por sus caras aprecié que no sabían cómo interpretar mi extraña presencia allí, más que nada porque mi original camisa hawaiana me dotaba del inocente aspecto de un turista despistado. Aquellos ejemplares de rapanui, altos como pinos y fornidos como armarios empotrados, me recordaron a los jugadores maoríes de la selección neozelandesa de rugby. Uno de ellos se me plantó delante y frenó mi avance en seco. Tuve que estirar el cuello para poder mirarle a la cara, e inmediatamente retrocedí un paso intimidado ante su presencia. Me sentía como un insecto capaz de ser aplastado de un solo manotazo.

—Tú eres el arqueólogo español, ¿verdad?

El tipo debía de conocerme de algo. Tragué saliva y asentí con docilidad.

—¿Y qué vienes a buscar aquí? —se encaró—. ¿Acaso no te basta con dedicarte a expoliar las reliquias de nuestra isla, violando de paso la memoria de nuestros antepasados? Ya estamos hartos de que los científicos extranjeros revuelvan nuestras tierras. Aquí nada se os ha perdido.

El individuo sostenía un grueso palo en su mano derecha al que yo no le quitaba el ojo de encima, no fuese que al final el destinatario de sus estacazos acabase siendo yo en vez de los carabineros. Por descontado, en circunstancias normales nunca se habría dirigido a mí del modo en que lo había hecho, pero el tipo tenía en aquel momento sus nervios a flor de piel. No obstante, teniendo en cuenta sus apreciaciones acerca de la arqueología, y en particular la llevada a cabo por los extranjeros, tampoco me costó mucho trabajo imaginármelo abriéndole la cabeza a Erick, amparado en la impunidad de la noche y, sobre todo, favorecido por un alarmante estado de embriaguez.

Antes de que tuviese tiempo de darle una explicación, distinguí a Sonia acudiendo en mi rescate, surgiendo como el ave fénix de entre la muralla de forzudos rapanui.

—Déjale pasar, Jacobo —señaló con firmeza.

A partir de aquel momento, tanto Jacobo como el resto me ignoraron como si ya no representase una amenaza, permitiéndome acompañar a Sonia hasta el interior del hotel.

Cuando accedí al vestíbulo no pude creer lo que tenía ante mis ojos. El lugar estaba tomado al completo por familias rapanui, incluyendo mujeres, ancianos y niños. Una madre, sin ir más lejos, no se privaba de darle el pecho a su bebé, pese a la gravedad del momento y al hecho de que afuera estaba a punto de estallar una guerra de consecuencias imprevisibles. Sus miradas no reflejaban miedo sino una profunda determinación, y el convencimiento de estar librando una lucha justa en defensa de sus derechos.

Recibí el frío saludo de Reinaldo Tepano, quien, liberado de su trabajo en la excavación, se había sumado a la ocupación del hotel para apoyar a los suyos. Desconocía si allí sentiría o no la presencia de los *aku-aku*, pero a buen seguro que ni siquiera los espíritus guardianes de la isla estarían en disposición de librarles de semejante atolladero.

El abuelo de Sonia, como miembro del Consejo de Ancianos, también participaba del encierro, siendo uno de sus asistentes más activos.

—Sonia, tienes que salir de aquí —manifesté en tono suplicante—. Tú y todos los demás, sobre todo los más débiles. Las fuerzas especiales asaltarán el hotel y te aseguro que lo harán de forma contundente. Acaban de arrestar a un fotógrafo para evitar que las violentas imágenes del asalto circulen luego entre la prensa.

Sonia negó con la cabeza, como si yo fuese incapaz de comprender la idiosincrasia del pueblo rapanui.

—Tienes que creerme, Germán. Por más que insistas nadie te hará caso. Ni siquiera yo misma, que no pertenezco a ningún clan afectado y estoy aquí por pura solidaridad.

Cuando comprendí que no la convencería, cambié radicalmente de tercio y aproveché el momento para confrontarla con un tema que desde el día anterior no me había podido quitar de la cabeza.

—Sonia, entre las pertenencias que encontraron en el cuerpo de Erick había un colgante de plata que, o mucho me equivoco, o juraría que era tuyo.

La joven arqueóloga reaccionó como si la hubiesen abofeteado y enseguida se dio cuenta de que no tenía sentido mentir.

—Yo se lo regalé —admitió.

Sonia luchaba por contener las lágrimas que afloraban a sus ojos. No me arredré. Quería llegar hasta el final de aquel asunto.

—¿Erick y tú estabais...? —Fui incapaz de verbalizar lo que ahora se me hacía evidente: que ambos mantenían una aventura.

Al principio no me contestó, pero su mirada decía más de lo que le hubiese gustado admitir.

—Fue algo que surgió sin haberlo planificado —confesó—. Yo sabía que él estaba casado, pero aun así no me importó.

Por lo visto, había una faceta de Erick que yo desconocía, y que tenía que ver con la especial debilidad que sentía por las mujeres, más allá de su propia esposa. La revelación que también me había efectuado Hanarahi confirmaba aquella teoría.

—¿Lo sabía alguien más aparte de vosotros?

—Nadie. Lo manteníamos en secreto.

Reflexioné unos segundos en silencio.

—¿Estás segura de que Hans no lo sabía?

Sonia, extrañada, frunció el ceño sin entender qué podía tener Hans que ver con el asunto. Probablemente, cegada por la secreta relación que había iniciado con Erick, ni se había percatado de los sentimientos que había despertado en el alemán.

—No, claro que no... —Sonia calló como si hubiese recordado algo de repente—. Aunque ahora que lo dices, una vez tuvimos un descuido. Después de que yo le hubiese entregado mi colgante, Erick me besó en correspondencia. No debió hacerlo.

Estábamos en la caseta del yacimiento arqueológico y la puerta estaba entreabierta. Y cuando segundos más tarde miré en aquella dirección, observé que Hans estaba afuera, observándonos por la rendija. No obstante, me convencí de que acababa de llegar y de que no había tenido tiempo de presenciar el momento del beso.

—¿Recuerdas qué día pasó?

—Creo que fue el viernes pasado... —murmuró Sonia.

En ese instante se escuchó una orden enunciada en forma de alarido, seguida de una andanada de disparos al aire. La concurrencia ahogó una exclamación y se encogió sobre sí misma en un acto reflejo. El operativo de las fuerzas especiales se acababa de activar y, como sospechaba, no se iban a andar precisamente con rodeos. Con mucha cautela, me aproximé al ventanal del vestíbulo para observar lo que sucedía en el exterior.

Los manifestantes rapanui que se concentraban en la puerta sufrieron el repentino ataque de los carabineros, mediante el lanzamiento de pelotas de goma y balines de acero, de forma indiscriminada. Algunos manifestantes recibieron numerosos perdigonazos en el rostro, sentando las bases de una intervención policial marcada por la violencia más desmedida.

La horda de policías, compacta como una columna, se abalanzó sobre los rapanui, que trataron de repeler la agresión a base de pedradas y después con las estacas de madera de las que se habían pertrechado. Los carabineros no rehuyeron la lucha cuerpo a cuerpo, descargando un golpe tras otro, sin dudar en emplear para ello las culatas de sus rifles. Muy pronto, las salpicaduras de sangre, especialmente la de los manifestantes, comenzaron a empapar el suelo de la entrada del hotel.

Había visto más que suficiente. Me retiré a la parte trasera del vestíbulo esperando que los más sensatos me siguieran, habida cuenta del cariz que había adquirido la situación. Ni uno solo de los presentes hizo ademán de moverse del sitio.

Me sentí como un idiota hasta que unos instantes después la cristalera de la puerta principal reventó en mil pedazos y un tropel de policías penetró en tromba arreando golpes y porrazos sin reparar en si eran ancianos, mujeres o niños a quienes se llevaban por delante. No fueron pocos los que opusieron resistencia, incluyendo el abuelo de Sonia, cuya beligerancia requirió la acción conjunta de cuatro efectivos para poder contenerlo. Las refriegas se propagaron por el vestíbulo del hotel, que enseguida se llenó de insultos, llantos y aullidos, como respuesta a la desproporcionada actuación protagonizada por las fuerzas especiales. Pese a todo, los rapanui allí reunidos conservaron intacta su dignidad, ante un nivel de maltrato que recordaba el padecido por sus antepasados a principios del siglo XX.

Finalmente, me escabullí por la puerta de atrás antes de convertirme yo también en blanco de la policía, y rodeé el hotel hasta regresar sano y salvo a la calle principal, desde donde un cada vez más nutrido número de curiosos se agolpaba para presenciar el bochornoso espectáculo de violencia gratuita. Miré a mi alrededor, pero no localicé a Hans entre la muchedumbre. Por su parte, los jóvenes rapanui que más guerra habían dado, desfilaban ahora esposados camino de los furgones policiales. Otros, los menos afortunados, yacían malheridos en mitad de la acera, atendidos por un equipo de sanitarios que se había desplazado hasta allí.

Seguidamente, un carabinero se plantó ante el gobernador, arrastrando tras de sí una maraña de telas arrugadas: las pancartas de protesta y banderas rapanui que habían retirado de los muros del recinto. El gobernador masculló entonces una orden que no alcancé a discernir. El policía asintió y depositó los trapos en mitad de la calle, para prenderles fuego a continuación a la vista de todos los presentes. De aquella manera tan pueril, Mario Ubilla lanzaba un mensaje muy claro a todo aquel que quisiera darse por aludido: el gobierno chileno no estaba dispuesto a tolerar del pueblo rapanui ningún tipo de chantaje ni conato de independencia.

Conforme ardían las banderas rapanui, mi indignación crecía por dentro en la misma proporción. Humillar a los isleños destruyendo sus símbolos patrios frente a la multitud era un golpe bajo que los afectados no se merecían. Con paso decidido, atravesé la humareda que el viento desplazaba en dirección al volcán Rano Kau, y como un héroe improvisado me dispuse a plantarles cara tanto al gobernador como al comisario Villegas. Tan pronto posaron sus ojos en mi camisa hawaiana, ambos intercambiaron una mirada burlona, y después me miraron de arriba abajo como si yo fuese un marciano al que nada se le había perdido allí.

—Pero Germán... —comenzó diciendo el comisario con cierto aire de condescendencia.

—Cállese —le interrumpí, dispuesto a no achicarme tras mi fallida puesta en escena—. Me avergüenza. Es usted un pusilánime. Un conformista que prefiere arremeter contra su comunidad antes que protegerla.

Una mueca de incredulidad se dibujó en el rostro del comisario.

—Y escúcheme bien —proseguí—. Mientras usted emplea a todo un regimiento en asaltar a un grupo de familias indefensas, el asesino de Erick Solsvik aún continúa suelto.

Los carrillos de morsa de Esteban enrojecieron por la ira. Aquel ataque en público era lo último que se esperaba en aquel preciso momento.

—A lo mejor resulta que lo tengo delante y hasta ahora no me había dado cuenta, pese a los numerosos indicios que apuntaban hacia usted —rebatió con fiereza, en un vano intento por intimidarme.

—Si tuviera alguna prueba contra mí —repliqué—, hace ya bastante tiempo que me habría acusado y ordenado mi detención.

Di media vuelta para marcharme, pero antes me atreví a dedicarle también unas palabras al ambicioso gobernador.

—Sepa usted que se ha equivocado de lleno —declaré esgrimiendo una sonrisa venenosa—, y que aquello que busca con tanto ahínco nunca lo encontrará en la excavación.

El gobernador fingió no inmutarse, pero durante un fugaz instante los músculos de su rostro le delataron reflejando una súbita conmoción. Y antes de que a ninguno de los dos le diese por ordenar mi caprichoso arresto bajo algún cargo inventado, decidí alejarme a toda prisa de allí.

Vagué en solitario por la ciudad, en dirección norte, sin despegarme nunca de la línea de la costa. Atravesé una zona frondosa del todo excepcional en la isla, producto de una reciente reforestación, acompañado tan solo por un grupo de perros vagabundos de los muchos que atestaban la ciudad a cualquier hora del día o de la noche. Pronto dejé atrás el cementerio de Hanga Roa, un campo de cruces y lápidas blancas que brotaban de la dura tierra, bajo cuya superficie los cuerpos eran enterrados con la cabeza mirando siempre hacia el Pacífico.

Enseguida desemboqué en el complejo arqueológico de Tahai, integrado por varios *ahus*, restos de antiguas viviendas, cavernas con varios túneles de entrada, fogones de piedra y un hermoso muelle para canoas. Desde aquel lugar se gozaba de las más espectaculares puestas de sol del planeta, que exhortaban a no pocas parejas de turistas a celebrar allí el enlace matrimonial de sus sueños.

Observé los *moai* dispuestos sobre sus plataformas de piedra y envidié el conocimiento que encerraban aquellas impresionantes esculturas, que si pudiesen hablar nos desvelarían siglos y siglos de historia que aún permanecían en la más absoluta oscuridad. A renglón seguido me topé con el museo de la isla, situado a kilómetro y medio del centro de Hanga Roa, y al que quizás me había dirigido desde un principio de manera inconsciente. No lo dudé un segundo y accedí al interior pese a que ya me conocía su contenido de memoria. Yo lo concebía como una especie de templo dedicado a la cultura rapanui, entre cuyas paredes me olvidaba de todo cuanto acontecía fuera de aquel recinto. En aquel momento tenía el museo solo para mí.

El museo decepcionaba a algunos visitantes por sus escasas dimensiones —toda su colección se albergaba en una única sala—, si bien yo solía aconsejar a los turistas que tomasen el museo como punto de partida para la exploración de la isla, por cuanto las sencillas explicaciones de los paneles les ayudarían a comprender mucho mejor los sitios arqueológicos que más tarde tendrían la oportunidad de visitar. Paseé en torno a las vitrinas, en donde se exhibía un conjunto de piezas de lo más heterogéneo: armas, petroglifos, cráneos humanos, pequeñas esculturas talladas en madera... y como objeto estrella, un auténtico ojo de coral perteneciente a un *moai*.

Me detuve frente a una tablilla inscrita con los signos *rongo-rongo*, la cual se trataba en realidad de una fiel reproducción —de aquel tipo de objetos tan valiosos no se conservaban originales en el pequeño museo de la isla—. La escritura *rongo-rongo* constituía, sin duda, otro de los grandes enigmas para el que nadie poseía respuesta.

En aquel instante sentí una presencia a mi espalda y me di inmediatamente la vuelta. Maeva. Ya ni siquiera me sorprendió verla allí. Mi perspicaz hija había dado sobradas muestras de ser capaz de localizarme en cualquier punto de la isla. Maeva, estaba seguro, me habría seguido hasta el fin del mundo si hubiera sido preciso.

—¿A esta hora no deberías estar en la escuela?

—Han suspendido las clases por el asunto de las protestas y todo lo que ha pasado después.

Maeva apoyó la cabeza contra mi costado y me rodeó la cintura con sus brazos, en un gesto lleno de ternura. La besé en la frente y ambos permanecimos unos segundos contemplando la tablilla *rongo-rongo* a través del cristal.

—Esta es la misteriosa escritura rapanui, ¿verdad?

Asentí.

—En efecto. A pesar de que multitud de especialistas han tratado de descifrarla, nadie lo ha conseguido hasta ahora. La tarea es verdaderamente difícil, pues en la actualidad tan solo se conservan un par de docenas de tablillas, todas ellas repartidas por los museos más importantes del mundo. Debido a su escaso número, se desconoce por tanto si en las mismas se recoge o no el repertorio completo de los signos *rongo-rongo*. La mayoría de los investigadores lo consideran un sistema de escritura completamente desarrollado, similar al sumerio o al egipcio antiguo. Pero, ¿cómo pudo haberse creado y desarrollado una escritura estructurada en un entorno tan aislado? ¿O acaso la escritura no era originaria de la Isla de Pascua? Y si fuera así… ¿Cuál podría haber sido su origen, si no se ha descubierto ningún otro sistema de escritura en toda Oceanía?

Maeva me miraba ensimismada, sin perder ripio de mis reflexiones en voz alta, como si yo fuese un maestro de escuela. Señalé la réplica del museo y le mostré con detalle los extraños signos que parecían representar figuras antropomorfas, animales terrestres y acuáticos, aves, plantas y hasta cuerpos celestes. Se estimaba que sus cerca de ciento veinte signos básicos, combinados entre sí, podían dar lugar a mil doscientos signos compuestos.

—Sigue contándome la historia de la isla, por favor —me pidió Maeva—. Retómala en el punto donde la dejaste.

Hice un poco de memoria y accedí complacido a satisfacer la curiosidad de mi hija.

—Después de los estragos causados por los traficantes de esclavos y las epidemias, Pascua había perdido a la mayoría de sus habitantes. El recuento final de víctimas desde la llegada de los primeros europeos a la isla no conocía precedentes. En un lapso de ciento cincuenta años, se pasó de una población de unos seis mil habitantes a otra de menos de quinientos. Fue entonces, en un contexto verdaderamente adverso, cuando un hombre blanco se aventuró por primera vez a convivir con los nativos durante un prolongado periodo de tiempo. Se trataba, por supuesto, de Eugène Eyraud, el primer misionero de la Isla de Pascua.

»Eugène Eyraud nació en Francia, en el seno de una familia numerosa con muy pocos recursos. Por eso, y pese a su pronta vocación religiosa, emigró al Nuevo Mundo donde había trabajo seguro y podía ganar un jornal digno, parte del cual enviaba puntualmente a su familia. Quiso la Providencia que por aquel entonces la Congregación de los Sagrados Corazones fundara una residencia en Chile, en la misma ciudad donde residía el piadoso francés. Finalmente, Eugène Eyraud se rindió a su vocación y acabó ingresando en la orden como novicio.

»La Congregación tenía misiones en todo el archipiélago polinesio, excepto en la Isla de Pascua. El único territorio cuya evangelización todavía no se había acometido, y cuyos nativos permanecían aún sin civilizar. Pronto se organizó una misión y dos experimentados hermanos de la orden fueron designados para la que, imaginaban, sería una ardua tarea. El novato Eugène Eyraud también se sumó al proyecto tras no pocos ruegos, pues la labor misionera había constituido el sueño de toda su vida. De esta manera, partieron en una goleta con rumbo a Tahití, donde debían recoger a un grupo de esclavos pascuenses recientemente rescatados, que aguardaban ansiosos retornar a su patria. Sus planes, sin embargo, sufrieron un importante revés cuando allí averiguaron el calvario que por culpa de las enfermedades atravesaba la Isla de Pascua, cuyas precarias condiciones de vida aconsejaban posponer la misión. Con todo, Eugène Eyraud no se amedrentó y se ofreció a llevar a los pascuenses a su hogar, lugar donde él se quedaría con objeto de preparar el terreno para futuras misiones. Sus superiores accedieron a su petición, y al final llegó a convivir con los nativos durante la friolera de nueve meses seguidos.

—Fue muy valiente, ¿verdad? —inquirió Maeva con aire soñador.

—Temerario, diría yo. Pero no es menos cierto que su fe y sus deseos evangelizadores le dieron el valor suficiente como para afrontar un proyecto tan lleno de peligros. Eugène Eyraud ocupa además un lugar en la Historia por ser el descubridor de las tablillas *rongo-rongo*, de las que hasta entonces se desconocía su existencia.

Aunque, paradójicamente, se sospecha que fueron los misioneros quienes, debido a su excesivo celo religioso, destruyeron la ingente cantidad de tablillas que se conservaban en la isla. El camino abierto por Eugène Eyraud posibilitó la llegada de nuevos misioneros, los cuales aún pudieron ser testigos directos del culto al hombre pájaro. La última ceremonia celebrada en la aldea de Orongo se llevaría a cabo en 1866. Después, el culto al hombre pájaro desaparecería para siempre tras la conversión de los pascuenses al cristianismo.

***

2 de enero de 1864
Bahía de Hanga Roa. Isla de Pascua

Cuando avisté la Isla de Pascua por primera vez, sentí un escalofrío en la base de la nuca, como si hasta aquel momento no hubiese tomado verdadera conciencia de la proeza que me disponía a llevar a cabo. Me santigüé como correspondía y me encomendé al Señor para que guiara mis pasos. Su presencia en mi corazón me iba a hacer ahora más falta que nunca.

El capitán fondeó el barco frente a la bahía, pero advirtió que la marea se estaba encrespando y que, por tanto, debíamos darnos prisa. Para mí era esencial que desembarcasen primero los pascuenses que había traído conmigo desde Tahití, liberados ya de su cautiverio, para que me diesen a conocer a sus compatriotas y evitar así que me tomasen por un pirata o un traficante de esclavos. El encargado de conducirles a tierra fue el segundo de a bordo, un joven polinesio que hablaba un poco de inglés y francés, y cuya lengua materna se asemejaba bastante al idioma rapanui. Al oficial, sin embargo, le horrorizó la apariencia de los nativos, que al parecer iban desnudos y proferían gritos amenazadores, provistos de largos palos rematados por piedras cortantes. Además, constató que la viruela seguía causando estragos entre los habitantes de la isla.

Tras la narración del joven oficial, el capitán se ofreció a llevarme de vuelta a Tahití sin coste de ningún tipo. Me negué en redondo. Yo conocía de antemano las condiciones en las que se encontraba la isla y no iba a desistir ahora de mi empeño tantas veces anhelado. Finalmente, se decidió que descendería yo solo, y el capitán se comprometió a desembarcar mis efectos —los cuales eran muchos y muy voluminosos— a la mañana siguiente en la bahía de Anakena.

Ya en tierra me vi muy pronto rodeado de nativos: hombres, mujeres y niños, que celebraban con regocijo la vuelta de aquellos a los que se habían llevado a la fuerza. Durante aquellos primeros compases de mi estancia en la isla procuré mantenerme cerca de Paná, con quien había entablado amistad en Tahití y que me había enseñado a chapurrear su lengua con cierta soltura. Al menos la suficiente como para hacerme entender, lo cual resultaba imprescindible para desarrollar mi labor de apostolado. Sacié mi *hambre comiendo unas patatas asadas al fuego. No obstante, cada vez que intentaba alejarme del fenomenal jolgorio que habían formado los indígenas —lo cual era mi mayor deseo—, enseguida me lo impedían agarrándome del cuello y devolviéndome a mi sitio. Aquello bastó para darme cuenta de que evangelizar a los nativos me iba a suponer una titánica tarea, para la que habría de armarme de toneladas de paciencia.*

A la hora de dormir me refugié en una choza rapanui con forma de barca invertida, cuyo techo estaba fabricado de hojas y ramas y que disponía de una pequeña abertura por la que se accedía arrastrando el vientre contra el suelo. Quedé contrariado por el sofocante calor, el gran número de nativos que allí se hacinaban, y los olores que me asediaban por la evidente falta de higiene que imperaba entre sus costumbres. Tampoco pegué ojo porque, lejos de sentirme seguro, en aquellos instantes temía incluso por mi integridad física más elemental.

Al amanecer del día siguiente recé mis oraciones y me dirigí hacia Anakena en compañía de Paná, dispuesto a recoger mis pertenencias, las cuales el capitán depositaría en la bahía de un momento a otro. La caminata de varias horas fue agotadora, pero muy pronto me animé cuando divisé al navío correr paralelo a la costa en dirección a donde nos encontrábamos. Sorprendentemente, en lugar de adentrarse en la bahía, el barco se alejó de ella, y pese a que traté de llamar su atención haciéndole señas, acabó por perderse en la lejanía devorado por el horizonte. Aquel momento fue sin duda el más duro de todos cuantos viví. No solo me vi privado de mis efectos personales —recursos valiosísimos para sobrellevar mi estadía en la isla—, sino que también tomé por vez primera clara conciencia de mi absoluto aislamiento. Pese a todo, lo que más eché en falta fueron un par de catecismos tahitianos, sin los cuales difícilmente podría enseñar a los pascuenses las verdades de la religión católica.

Me sentí tan abatido que no me moví del sitio, lamentando mi mala fortuna sentado sobre una roca. Mas cuán cierto es que Dios aprieta pero no ahoga, pues al cabo de unos minutos aparecieron a la carrera unos familiares de Paná, anunciando que el capitán había desembarcado mis posesiones en Hanga Roa y que más me valía regresar a toda prisa, antes de que los nativos de aquella parte de la isla se apoderasen de todas mis cosas. La alegría fue tan inmensa que decidí partir de inmediato, pese a tener los pies desollados a causa de las múltiples aristas que salpicaban el terreno volcánico tan característico de la isla.

En cuanto llegamos, comprobé el enorme alboroto que se había formado en torno a mis efectos abandonados en la playa. Me temí lo peor, y no erré en mi presagio. Los indígenas se habían apropiado impunemente de todo cuanto se hallaba a su alcance, excepto de los cofres que mantenía bajo llave y los montantes para mi cabaña. Tampoco mostraban el menor signo de arrepentimiento: uno se había calado mi sombrero y otro había logrado meterse en uno de mis abrigos, y de esa guisa se paseaban ante mi presencia orgullosos de su nuevo atuendo. Desde luego, la fama de rapaces que se habían ganado los habitantes de la isla era más que merecida.

Si quería impedir aquel saqueo, debía armar la cabaña lo antes posible y tratar de poner mis baúles a salvo dentro de ella. No podía, por tanto, detenerme a elegir la ubicación más idónea, y decidí ponerme manos a la obra allí donde me había tocado en suerte. Como ya había podido comprobar, existían varios clanes repartidos por toda la isla, y aquel lugar podía ser tan bueno como otro cualquiera. Sin perder un solo segundo, cogí un martillo y un puñado de clavos, y comencé a levantar un refugio al que poder llamar hogar. Pero, ¡ay de mí!, que los nativos enseguida sintieron gran curiosidad y se dedicaron a interrumpirme a cada instante, especulando acerca de lo que me disponía a fabricar con los paneles. La mayoría apostaba a que se trataba de una barca. Yo insistía en que me dejaran hacer, que muy pronto se los mostraría. No se calmaron hasta comprender que lo que tanto les había inquietado no era más que una casa.

Una vez finalizado el trabajo respiré con gran alivio y me sentí una vez más con confianza para llevar a cabo mi complicada misión. Ahora contaba con un techo sobre mi cabeza, bajo el que además podía poner mis pertenencias a buen recaudo. La llave, de la cual no pensaba separarme ni un instante, la guardé celosamente en el bolsillo.

Aquella misma noche, sin embargo, un indígena se plantó frente a mi puerta. Poco me podía imaginar que aquel personaje, de nombre Torometi, habría de marcar mi estancia en la isla y se convertiría en el causante de casi todos mis males. Fuerte y de constitución robusta, andaba por la treintena, y ostentaba el cargo de jefe del territorio en el que yo había tenido a bien establecer mi residencia. Torometi no gozaba de buena reputación ni siquiera entre los suyos, y muy pronto, para mi desgracia, tuve ocasión de comprobarlo en mis propias carnes. En cuanto le franqueé el paso al visitante, este no se anduvo con rodeos y se tendió cuan largo era sobre mis baúles, urgiéndome a dormir sin sutilezas, a lo que yo accedí porque Torometi no atendía a ruegos ni razones.

Luego comprendí que a través de aquel gesto, tan simbólico como rotundo, Torometi no había hecho otra cosa que tomar posesión de mi vivienda. A partir de entonces el jefe tribal asumió el deber de alimentarme, normalmente mediante la habitual ración de patatas cocidas, a cambio, eso sí, de considerarme como de su propiedad, tanto a mí como a todas mis pertenencias.

Establecí una rutina básica para predicar las enseñanzas que me habían llevado a aquella isla dejada de la mano de Dios. Tres veces al día hacía sonar una campana para atraer la atención de los nativos, algunos de los cuales acudían a mi llamada y se sentaban frente a mi cabaña sobre la hierba reseca. Yo entonces les instruía en las oraciones —que repetían hasta el hartazgo para su correcta memorización—, les enseñaba el catecismo, y batallaba también por transmitirles los secretos de la lectura. Los comienzos fueron duros y nada alentadores. Mis porfiados alumnos carecían de disciplina, y cuando se aburrían se levantaban y se iban, y después cuando se les antojaba regresaban otra vez, seguramente porque no sabían qué hacer con tanto tiempo libre.

Lo que digo es bien cierto, pues la agricultura que practicaban era muy simple, y su concepto de plantar se reducía a hacer un agujero en la tierra con un palo puntiagudo; la fertilidad del propio suelo, las lluvias periódicas y el clima templado se ocupaban de hacer el resto, por lo que un solo día de trabajo les bastaba para garantizarse abundantes cosechas de patatas para todo el año. Las gallinas que criaban y el escaso pescado que capturaban completaban su concisa dieta. Tanta ociosidad se traducía en fiestas continuas, de tal forma que cada estación del calendario tenía la suya propia. En ellas se daban espléndidos banquetes, bailaban, cantaban, y muy especialmente, aprovechaban para ataviarse de la forma más extravagante posible, lo que incluía pintarse y adornarse con todo tipo de pigmentos y abalorios. Tenían especial predilección por cubrirse la cabeza, y cualquier cosa les servía de sombrero, ya fuera una calabaza, media sandía o una gaviota a la que le habían rajado el cuerpo.

Aunque mis clases de religión no despertaban mucho interés, todo lo contrario ocurría cuando les hablaba de los astros y el universo. Entonces muchos se arremolinaban a mi alrededor para saber acerca del sol, la luna y el movimiento de los planetas. Un anciano llamado Hetuki no se perdía ni uno de dichos encuentros, y expresaba un enorme agradecimiento por transmitirle aquellos conocimientos a los que atribuía un extraordinario valor. Con el paso del tiempo reconocí en Hetuki a un verdadero aliado dentro de la isla.

No había pasado un mes desde mi llegada, cuando Torometi se plantó un día ante mi puerta para exigirme que le mostrara todos los objetos que guardaba en el interior de los baúles. Accedí a regañadientes con la esperanza de que, una vez satisfecha su curiosidad, se fuese por donde había venido. El registro no iba del todo mal, hasta que advirtió la presencia de un pequeño hacha que me quiso arrebatar como si se tratase de un juguete. En ese punto mi paciencia alcanzó su límite, y de la forma más enérgica posible, impedí que Torometi se hiciese con aquella peligrosa herramienta, expulsándole de la cabaña y cerrándole la puerta en las mismísimas narices. El jefe tribal no se tomó a bien mi negativa y, lejos de rendirse, se sentó hecho un basilisco a escasos pasos de mi casa. Al poco se le sumó su mujer, sus vecinos, y todo aquel que pasaba por allí. Entre todos no tardaron en formar un sensacional alboroto primero, y en arrojar piedras contra la casa después. Finalmente capitulé, temeroso de que le prendiesen fuego, habitual medida de represalia entre los nativos, que si bien raramente llegaban a las manos, no dudaban en quemar la choza de su vecino de enfrente cuando lo creían necesario.

Para mi desgracia, no tardé mucho en averiguar el fin que Torometi habría de darle al hacha, en cuanto comprobé que cada vez que ansiaba alguna de mis posesiones, tan solo le bastaba con esgrimir una maliciosa sonrisa, mientras sostenía bien a la vista la famosa herramienta de marras.

Pero la vida debía continuar y el escudo de la fe me protegía frente a las trabas que obstaculizaban mi camino. Entre los indígenas, sin embargo, no observé ningún tipo de culto religioso desarrollado. En el interior de sus chozas conservaban unas estatuillas de unos treinta centímetros de alto, la mayoría de ellas con cuerpo de hombre y cabeza de pájaro, que de vez en cuando tomaban y alzaban al cielo entre danzas y cánticos. Paradójicamente, los descomunales ídolos de piedra diseminados por toda la isla no eran objeto de ningún tipo de adoración, y tras preguntar por su significado, me replicaron que servían tan solo de adorno para los sepulcros. ¿Qué clase de pueblo se tomaría semejantes molestias fabricando aquellos colosos para tenerlos de simple ornamento? Desde luego, no podía ser el mismo con el que yo convivía. Preguntados también acerca del modo en que fueron erigidos, tampoco me daban respuestas ciertas, y solían remitirse a fantasiosas leyendas, porque a decir verdad creo que ni ellos mismos lo sabían.

No obstante, hice un descubrimiento que me causó una gran intriga aunque, al igual que otros tantos, tampoco fui capaz de resolver. En algunas chozas guardaban unas tablas de madera cubiertas de jeroglíficos, formados por animales desconocidos en la isla y otros elementos extraños. ¿Cómo podía ser tal cosa si yo mismo había constatado que aquellas gentes no sabían leer ni escribir? Tras hablar con el viejo Hetuki supe que me encontraba ante los restos de una escritura primitiva, que por desgracia ya nadie en la isla era capaz de traducir. Los últimos sabios e iniciados habían sido víctimas de las redadas llevadas a cabo por los esclavistas peruanos, y su preciado conocimiento se había acabado perdiendo para siempre.

Por lo que a mi labor en la isla se refería, estimé conveniente construir una pequeña capilla donde mis fieles pudieran rezar con cierto recogimiento. El único material de obra que podía utilizar era tierra mezclada con hierba secada al sol. Sin embargo, y pese a que trabajé muy duro durante tres meses, entre las lluvias y mi némesis particular —el infame Torometi—, terminé por desistir del proyecto. En efecto, a Torometi no se le ocurría mejor cosa que emplear para el servicio de su cocina la hierba que yo me afanaba en cortar y que ponía a secar al lado de mi refugio.

Aquella no fue ni mucho menos la única fechoría de que fui objeto por parte de Torometi. Un día se le antojó la campana que usaba para convocar a mis alumnos, la cual se acabó por apropiar pese a mis desesperados lamentos. En lo sucesivo, Torometi se paseó con la campanita por todos los rincones de la isla, formando una gran algarabía y provocando las risas de sus vecinos, aunque maldita era la gracia que me hacía a mí.

La perseverancia fue dando sus frutos, y tras un tenaz esfuerzo que se prolongó durante varios meses, algunos de mis alumnos se sabían ya las principales oraciones y conocían bien los dogmas más elementales del cristianismo. Unos pocos habían comenzado a deletrear, y los había incluso que ya leían con cierta soltura. Tan prometedores resultados me animaron a visitar otros asentamientos de la isla donde instruir a más pascuenses. El desenlace de mis expediciones fue muy dispar. Hubo una tribu en particular cuyos integrantes harían pasar a Torometi por un santo. Aquellos salvajes me cogieron de pies y brazos y me desvalijaron por completo hasta dejarme como Dios me trajo al mundo. Después se pasearon luciendo mis prendas con gesto ostentoso, tratando uno de ellos de ponerse el catecismo sobre la cabeza a modo de sombrero. He de reconocer que este caso fue la excepción, pues en otros lugares encontré gentes más afables y abiertas a recibir mis enseñanzas.

Tras un par de semanas de ausencia, me llevé una desagradable sorpresa cuando regresé a mi añorada cabaña. La ventana había sido forzada y la mayoría de mis cosas habían desaparecido. Torometi fingió gran extrañeza y me aseguró que todo había sido culpa del viento. Me mordí la lengua y esperé a que se me pasara el enfado. En contrapartida, mis queridos alumnos me recibieron con gran jolgorio, afirmando que me habían echado muchísimo de menos.

Hetuki también se alegró de verme, y con la promesa de mostrarme una cosa, me citó a la hora del ocaso en un lugar apartado del gentío. Acudí al encuentro, intrigado, sin tener idea de lo que el anciano se traía entre manos, y después le seguí durante largo rato a través de tortuosos caminos mientras me preguntaba a qué se debía toda aquella puesta en escena rodeada de misterio.

Finalmente, Hetuki se detuvo de repente y retiró unas piedras que ocultaban el acceso a una cueva secreta. Lo que descubrí en su interior me dejó maravillado.

La caverna estaba repleta de aquellas singulares tablillas de madera cubiertas de jeroglíficos, de cuya conservación se ocupaba Hetuki a modo de bibliotecario, pues según me explicó, las más antiguas ya mostraban serias muestras de deterioro. Las examiné con atención y, comparando las más recientes con las que se hallaban al fondo de la gruta, observé que los signos grabados habían sufrido una profunda transformación con el paso del tiempo. Aquello me indujo a pensar que las más antiguas bien que podían pertenecer a una era remota.

Cuando salimos, Hetuki se puso muy serio y me hizo jurar que guardaría el secreto de la ubicación de la cueva, a lo cual accedí sin vacilar.

Eran ya muchos los meses que llevaba en la isla, cuando un buen día a Torometi se le ocurrió la brillante idea de que construyera una barca. Desde entonces, ya no hubo manera de quitarle semejante idea de la cabeza, ni a él ni a todos aquellos a los que ya había contagiado con su obsesión. Los pascuenses estaban convencidos de que cualquier cosa estaba a mi alcance, y ni siquiera cuando les argumenté que sin madera poco o nada podía hacer, desistieron de abandonar el proyecto. De hecho, como si les fuese la vida en ello, peinaron hasta el último rincón de la isla en busca de tablas y maderos abandonados. Yo, por supuesto, me vi también en la obligación de sacrificar la poca que tenía, así como los últimos clavos, que fueron todos destinados a la caprichosa obra impuesta por los indígenas.

Me llevó quince largos días sin apenas descanso fabricarles algo parecido a una barca, y eso que me negué a calafetearla, trabajo del que ellos se encargaron utilizando una especie de tierra que hacía muy bien las veces de betún. Pero estas gentes son tan impacientes que, pese a mis advertencias, se empeñaron en lanzar la barca al agua sin esperar a que se secase la brea. A partir de entonces ya no quise saber nada más del asunto y me limité a observar desde la lejanía las evoluciones de Torometi y los suyos.

Con el corazón encogido, les seguí con la mirada mientras arrastraban la barca de forma implacable entre las piedras y la depositaban a orillas del mar. Desgraciadamente, no me sorprendió en absoluto el rápido fracaso de la expedición, pues la embarcación no tardó en hacer aguas a las primeras de cambio, llevándose consigo los sueños de aventura de los intrépidos nativos.

Poco después de aquel episodio, un verdadero navío arribó a la isla y fondeó en la bahía, provocando la incertidumbre entre los indígenas. Enseguida les tranquilicé, tan pronto avisté la bandera francesa que ondeaba en el mástil de la goleta. Entonces algunos nativos cruzaron a nado el trecho que les separaba del navío y subieron a cubierta, mientras yo aguardaba en la playa a que un bote efectuase el desembarco. Cuando por fin lo hizo, no tardé en distinguir entre los marineros al hermano Bernabé, que me abrazó lleno de júbilo después de tantísimo tiempo sin tener noticias mías.

Bernabé me miró emocionado y admitió que de entrada le había costado reconocerme por mis estrafalarias pintas y mi bronceado estival. Tiempo habría de narrarle mis desventuras, y de cómo los pascuenses me habían dejado con una mano delante y otra detrás, tras arramblar con casi todas mis pertenencias. No obstante, el hermano Bernabé me confesó sentir una profunda admiración por el trabajo que yo había realizado en tan precarias condiciones. Él mismo había sido testigo de cómo algunos de los nativos que habían subido al barco, habían procedido a realizar la señal de la cruz y a rezar el Padrenuestro, el Ave María y el Credo en lengua tahitiana, con admirable devoción.

He de admitir que tras nueve meses y nueve días en la isla, y pese a todos los avatares sufridos, me apenó muchísimo tener que abandonar a mis adorados pascuenses. Bernabé tenía órdenes de regresar a Chile conmigo, con la promesa de volver en una nueva misión que ya se estaba organizando. Mis experiencias, me aseguró, serían vitales para los planes que la Congregación pensaba desarrollar en mi queridísima Isla de Pascua.

***

Decidí interrumpir la narración porque Maeva y yo ya no contábamos con el museo para nosotros solos. Los turistas habían ido llegando con cuentagotas después de que el enfrentamiento entre las fuerzas especiales chilenas y los manifestantes rapanui hubiese tocado a su fin. Para no molestar a los visitantes con mi interminable parloteo, abandonamos el museo y emprendimos el regreso a Hanga Roa, recorriendo en sentido contrario el mismo camino de la ida.

Maeva me tomó de la mano y, buscándome con la mirada, adoptó una expresión que denotaba sus tremendas ganas de seguir conociendo aquella peculiar aventura.

—¿Volvió Eugène Eyraud a la isla? —inquirió.

—Ya lo creo que sí —repuse—. Nada en el mundo podría habérselo impedido.

**

25 de mayo de 1866
Isla de Pascua

Mi regreso a la Isla de Pascua año y medio después me llenó de una inmensa alegría. Pero mi felicidad era incluso mayor que la que sentí la primera vez, porque en esta ocasión ya ostentaba la condición de sacerdote, y también porque ya no estaría solo, sino gratamente acompañado por el hermano Hipólito Roussel, que ya contaba a sus espaldas con un largo historial como misionero.

Mis antiguos alumnos pascuenses se alegraron mucho de verme, pese a haber abandonado la observancia de la fe cristiana ante la falta de un pastor que guiase sus pasos. El viejo Hetuki en nada había cambiado, y me dispensó un cálido recibimiento como solía ser habitual en él. Tan solo Torometi y sus más acérrimos partidarios se mostraron recelosos ante mi inesperado regreso, sabedores de que podían ver cuestionada su autoridad.

Como buen conocedor de la extrema querencia que los nativos sentían por lo ajeno, esta vez monté una cabaña que más bien parecía una fortaleza. Para hacerla impenetrable y evitar incluso que le prendiesen fuego, el hermano Roussel y yo la recubrimos de planchas de zinc que habíamos traído a tal efecto. Sin embargo, para nuestra desgracia, pronto descubrimos la parte negativa del invento en cuanto a uno de ellos se le ocurrió arrojar una piedra. El ruido metálico que produjo les fascinó de tal manera, que tuvimos que soportar aquella irritante sinfonía durante dos meses seguidos, hasta que la novedad les acabó por aburrir.

Por aquellas fechas, gran parte de la población se congregaba en la aldea de Orongo para celebrar una de sus fiestas más populares. El hermano Roussel se sintió intrigado y resolvió realizar una visita para conocer más a fondo las costumbres autóctonas. Yo decliné acompañarle porque en el pasado ya había salido malparado de alguna de aquellas bulliciosas reuniones y no deseaba volver a pasar por un trance similar. Roussel regresó unos días después sin poder dar crédito a todo cuanto había presenciado. Me narró que aquellas gentes organizaban una competición para elegir a sus jefes, que en gran medida obedecía a la pura casualidad. Al parecer, todo dependía de unos pajaritos que anidaban en un islote situado frente al acantilado, y que pese a su escaso número, nunca faltaban a su cita en la misma época del año.

Pues bien, todo se reducía, en resumen, a pugnar por hallar el primer huevo de la temporada.

Poco después conduje al hermano Roussel a la cueva de Hetuki, y le mostré —no sin antes pedirle que guardase el secreto—, la extraordinaria biblioteca de tablillas de madera con escritura jeroglífica. Pretendía hacerle ver que aquel pueblo que ahora le parecía tan atrasado, en otro tiempo debió de haber gozado de una gran cultura y erudición.

Con el transcurso de los meses nos fuimos ganando el respeto de los nativos. El hermano Roussel hacía valer su preciada experiencia al frente de otras misiones polinesias y no se dejaba intimidar por las bravuconadas de Torometi, ni estaba dispuesto a tolerar las humillaciones que a mí me tocó sufrir. Los nativos eran muy supersticiosos, y Roussel actuaba en consecuencia para tratar de cambiar aquella forma de pensar propia de las sociedades primitivas. Para ello, pisaba tierras que los pascuenses consideraban sagrada, o comía pescado cuya ingesta estaba prohibida durante una determinada época del año, violando de paso la ley del tapu, que ya no tenía el mismo peso que antes. Mediante aquella estrategia, mostraba públicamente que ni enfermaba ni nada malo le ocurría, de manera que al final lograba que los nativos acabasen imitando su comportamiento.

El hermano Roussel luchó también, en vano, contra una arraigada costumbre rapanui que hubiese puesto a cualquiera los pelos de punta. Algunos pascuenses que contraían una enfermedad mortal se sustraían al sufrimiento innecesario despeñándose por los acantilados en lo que para ellos constituía un rito de felicidad. Antes de arrojarse al vacío, solían cerrar los ojos y poner sus brazos en cruz, en un gesto que nada tenía que ver con el cristianismo. Excepcionalmente, algún rapanui también recurría a esta macabra tradición cuando entendía que había cometido un error de consecuencias irreparables para su pueblo.

No obstante, en general, los avances se sucedían con rapidez. Pronto construimos una capilla a la que muchos comenzaron a acudir para rezar sus oraciones. Y cuando menos lo esperábamos, el primer nativo fue bautizado, hecho que nos produjo una profunda emoción.

Sucedieron cosas, sin embargo, de las que no me siento orgulloso. Un día, el viejo Hetuki apareció ante mi puerta *temblando como un pollo y con los ojos arrasados en lágrimas. Entonces me agarró del brazo y me pidió que le siguiera hasta su cueva secreta, con intención de que evitara una catástrofe. Rehusé hacer preguntas y me puse en marcha sin perder un solo instante. No obstante, y pese a la prisa que nos dimos, para cuando llegamos ya era demasiado tarde. La biblioteca formada por cientos y cientos de tablillas de madera había comenzado a arder, y ya nada se podía hacer para detener la voracidad de las llamas que apenas se demoraban segundos en reducirlo todo a cenizas.*

El hermano Roussel contemplaba su obra con el rostro hierático mientras el fuego se reflejaba en el abismo de sus retinas.

—¿¡Por qué lo has hecho!? —le increpé.

—¡Son textos paganos contrarios a la salvación de las almas! —exclamó—. ¡Es nuestro deber cristiano deshacernos de esta porquería!

Sentí que algo se me removía por dentro, como si me hubiesen arrancado un jirón del alma.

—Pero era el legado de su pueblo —balbucí—. Además, ¿qué mal podían hacer cuando ya ni siquiera ellos son capaces de leerlas?

—Basta, hermano Eugène —zanjó Roussel—. No quiero volver a oír una palabra más sobre el asunto.

Agaché la cabeza y no osé replicarle de nuevo. Roussel era mi superior dentro de la Congregación y debía obedecerle en cualquier circunstancia.

Salimos de la cueva antes de que el humo se propagara lo suficiente como para asfixiarnos con su abrazo venenoso. Hetuki me lanzó una mirada de reproche que fui incapaz de sostener. A sus ojos, yo no era más que un traidor que había faltado a su palabra, revelando impunemente su valioso secreto. Pese a todo, me acerqué hasta él para pedirle perdón y después, entre susurros, le aconsejé que ocultase de la vista de Roussel las tablillas que aún quedasen repartidas por las chozas de la isla.

Una semana después, Hetuki se suicidó precipitándose al vacío desde lo alto de un acantilado, por considerar que le había fallado gravemente a su pueblo.

Dos religiosos más se sumaron a la misión a finales de aquel año. Los hermanos Gaspar Zumbohm y Teodulo Escolan llegaron a la isla bien pertrechados, cargados de útiles, toda clase de semillas y árboles frutales y una gran variedad de animales, como terneros, palomas y conejos. El cambio operado en los nativos gracias al trabajo de Roussel y al mío propio saltaba a la vista y resultaba de lo más satisfactorio. Esta vez, los pascuenses no intentaron apropiarse de todos aquellos tesoros ajenos que, a buen seguro, les habían llamado grandemente su atención.

La misión se hizo fuerte en la isla y la evangelización de los nativos avanzó a pasos agigantados. Los bautismos efectuados a niños y moribundos se convirtieron en moneda común, mientras que a los adultos se les siguió instruyendo en las virtudes del cristianismo para prepararles como era debido antes de recibir al Espíritu Santo.

Dos años después, en 1868, planificamos una gran ceremonia en vísperas del día de la Asunción, con el fin de admitir a todos los habitantes de la isla en el seno de la Iglesia. Desgraciadamente, para entonces una tuberculosis ya había deteriorado seriamente mi salud y no se me escapaba que me quedaba muy poco tiempo de vida.

El día posterior a la gran ceremonia, el hermano Gaspar se inclinó sobre mi lecho y me aseguró que todas las almas pascuenses ya habían sido ganadas para la causa: no quedaba ni un solo habitante de la isla sin bautizar. Yo entonces le dije que ya me podía morir en paz, y que por favor me diesen cristiana sepultura en aquel maravilloso pedazo de tierra enclavado en mitad de aguas infinitas donde pude hacer realidad mi tan soñada vocación pastoral.

Poco después de recibir la extremaunción, cerré los ojos con serenidad, ansioso por entregarle mi alma a Dios y entrar a continuación en el Reino de los Cielos.

***

Atravesábamos el núcleo urbano de Hanga Roa, acercándonos poco a poco a la casa de Maeva. Un silencio denso y evocador que se había instalado entre los dos no se tardó en evaporar.

—¿Qué sucedió después de que muriese Eugène Eyraud?

Esbocé una media sonrisa y me aclaré la garganta. Estaba seguro de que Maeva me acabaría haciendo aquella pregunta.

—Todo fue a peor si cabía, como si los rapanui no hubiesen sido víctimas todavía de suficientes calamidades —expliqué—. Corría el año 1870 cuando llegó a Pascua el capitán francés Dutrou-Bornier, un aventurero y comerciante sin escrúpulos que se afincó en la isla para dedicarse a la crianza de ganado lanar. No obstante, no tardó en encontrarse con la oposición de los misioneros por cómo, mediante argucias, engañaba y utilizaba a los nativos en su propio beneficio. La enemistad entre unos y otros derivó en un serio conflicto, y Dutrou-Bornier no dudó en armar a sus seguidores y hostigar a los misioneros ejerciendo la violencia. Finalmente, los misioneros se vieron obligados a abandonar la isla y pusieron rumbo a las Mangareva. Ciento cincuenta pascuences se fueron con ellos, mientras que otros trescientos fueron enviados a las plantaciones de Tahití, embaucados por el mezquino capitán.

»Dutrou-Bornier gobernó la isla como una especie de rey desbocado, hasta que años más tarde fue asesinado por los propios nativos, hartos ya de sus excesos. Por aquel entonces la población ascendía a la dramática cifra de ciento once habitantes.

»Finalmente, en el año 1888 se produjo un hecho trascendental en la historia de la Isla de Pascua: el comandante chileno Policarpo Toro negoció con los rapanui la cesión de su soberanía y tomó posesión de la isla en nombre de su patria. Desgraciadamente, lejos de ser un motivo de alegría para los nativos, aquel acto significó su total perdición. A los pocos años, el gobierno de Chile cedió la explotación de la isla a una compañía inglesa dedicada a la ganadería, que se convirtió de facto en la propietaria no solo de sus tierras, sino también de sus habitantes. Los pascuenses, recluidos a la fuerza en la aldea de Hanga Roa, circundada por un muro de piedra que no podían atravesar sin autorización expresa, fueron obligados a trabajar en condiciones cercanas a la esclavitud.

»Esta concesión a la compañía explotadora se mantuvo durante cincuenta y seis años. Durante este tiempo, los nativos vivieron en condiciones penosas y sufrieron todo tipo de abusos, hasta que gracias a las denuncias de la prensa y de la propia Iglesia católica, el gobierno chileno decidió rescindir el contrato de una vez para siempre. Sin embargo, el control de la isla pasó entonces a la Armada chilena, que continuó con la explotación ganadera sin que mejorase significativamente la situación de los nativos. Pese a ser ciudadanos chilenos, los pascuenses carecían de documentos de identidad, se les había restringido su derecho al voto, e incluso tenían prohibido hablar en su propio idioma.

»No fue hasta 1964, tras producirse un levantamiento de la población, que las autoridades consintieron en establecer una administración civil para el pueblo rapanui. A partir entonces se lograron importantes avances en materia de salud pública, educación, así como en el abastecimiento de electricidad y agua potable. Tres años después, en 1967, se construyó el aeropuerto, con lo que comenzaron a llegar los primeros turistas…

Coincidiendo con el final de la historia, llegamos a nuestro destino. Hanarahi aguardaba en el porche bajo su grata sombra, hojeando una revista de moda y mojándose los labios en agua fría. Yo tenía intención de marcharme enseguida, pero entonces la madre de Maeva se dirigió hacia la verja, paseando su escultural silueta a través del jardín, con intención de cruzar algunas palabras conmigo. Los años no se habían portado tan bien conmigo como con Hanarahi, que aún conservaba intacta su belleza de antaño.

—Mamá, hemos estado en el museo y he aprendido cantidad de cosas nuevas.

—Me alegro —repuso Hanarahi—. Pero ahora entra en casa y lávate las manos para comer.

Maeva obedeció y a los pocos segundos desapareció en el interior de la vivienda.

—Has hecho un increíble trabajo con Maeva —elogié—. Su educación es excelente.

—Estoy tremendamente orgullosa de mi hija —reconoció Hanarahi—. Aunque, como cualquier madre, no me he librado de llevarme algún que otro susto. Maeva es tremendamente apasionada y, como se le meta algo en la cabeza, es capaz de hacer cualquier cosa por conseguirlo. En el pasado ya ha protagonizado alguna que otra travesura, aunque a veces ni ella misma ha sido consciente de la gravedad del asunto.

Asentí, pensando para mí que probablemente exageraba. Hanarahi me lanzó una intensa mirada y dejó escapar una vaga sonrisa cargada de tristeza.

—Maeva te adora, Germán. ¿Lo sabías?

—Algo había notado.

Hanarahi rio mi broma sin que su expresión melancólica hubiese cambiado un ápice.

—Nunca la había visto tan feliz —admitió—. Maeva llevaba toda la vida deseando conocer a su padre, y ahora debe parecerle un sueño tenerle por fin a su lado.

Hanarahi no despegaba sus ojos de los míos. Su mensaje estaba muy claro. Tanta dicha también podía ser un arma de doble filo.

—Parece muy decidida a convertirse en arqueóloga —señaló—. No para de repetirlo durante los últimos días.

—Desde luego no le faltan cualidades —repuse—. Por no decir que vive en el lugar más adecuado para ejercer la profesión.

Hanarahi se volvió para comprobar que Maeva continuaba sin estar a la vista.

—He oído que el gobernador os ha cerrado excavación —declaró—. ¿Significa eso que te irás de la isla?

—Probablemente en uno o dos días —confesé, absolutamente resignado.

—¿Se lo has dicho a Maeva?

—Todavía no he tenido el valor.

En cuanto me personé en el residencial, Gloria Riroroko me abordó con su habitual franqueza y me preguntó si había presenciado el asalto al hotel Hanga Roa. Ella llevaba toda la mañana pegada a la radio y, desde luego, en la isla no se hablaba de otra cosa.

—Apenas pude ver nada —mentí—. Me encontraba a una gran distancia, tapado por la multitud que se había formado en la acera. ¿Tan grave ha sido?

—Toda esa violencia era absolutamente innecesaria —se lamentó doña Gloria—. Y para colmo, la prensa continental distorsiona los hechos y los cuenta al dictado de las autoridades chilenas. Las fuerzas especiales, dicen, respondieron a la violencia de los manifestantes rapanui.

A continuación, doña Gloria me dio parte de las consecuencias: habían detenido a cinco personas, y una docena de heridos habían sido trasladados al hospital por contusiones y perdigonazos en el rostro. Un par de carabineros, añadió Gloria orgullosa, también habían salido malparados de la contienda.

—Ah, y por si fuera poco, denuncian la desaparición de una pistola —reveló—. La radio ha informado varias veces sobre el asunto y ha solicitado encarecidamente su devolución.

—¿Cómo?

—Lo que oye. Un carabinero perdió su arma reglamentaria durante la refriega, y no ha aparecido desde entonces.

Me encerré en mi habitación dándole vueltas a todos los sucesos que se estaban produciendo en la isla durante las últimas jornadas. Particularmente, me extrañaba no haber vuelto a tener noticias del anónimo personaje que, según sus propias palabras, habría de guiarme hasta el secreto mejor guardado de la isla. Yo había cumplido mi parte y aceptado el desafío, tal como me había pedido que hiciera. Esperaba que ahora no fuese a echarse atrás.

Por la tarde recibí un correo electrónico de los patrocinadores de la excavación. Como no podía ser de otra manera, la indignación les hacía subirse por las paredes. Por una parte, aseguraban sentirse estafados por el gobernador Mario Ubilla quien, sin causa que lo justificase, les había desposeído del proyecto que tanto esfuerzo le había costado a Erick sacar adelante. Y por otra, estaban tratando de revocar esa arbitraria decisión, para lo cual estaban dispuestos a recurrir hasta la última instancia del gobierno chileno. En cualquier caso, reconocían la debilidad de su posición, y me advertían —con total corrección— que si en un plazo de cuarenta y ocho horas no obtenían resultados visibles, más me valdría ir haciendo las maletas.

No me sorprendió el contenido del comunicado, pero verlo por escrito me hizo percibirlo como una realidad más palpable si cabía.

Salí del residencial aceptando la inevitable derrota, y agobiado por el poco tiempo que me quedaba de estar allí, me dejé llevar por un impulso y decidí acudir a mi lugar favorito de toda la isla, pues muy probablemente no tendría ocasión de visitarlo en una larga temporada: la cantera del Rano Raraku.

El cielo se había encapotado por el lado del mar y un conjunto de nubes plomizas amenazaba con descargar una tromba de agua a su paso. Los pronósticos de lluvia no me disuadieron de llevar a cabo mi plan. El largo trayecto lo cubriría en el *jeep* que había alquilado la jornada anterior para desplazarme hasta Anakena. Me dirigí, por tanto, hacia el hotel que gestionaba el arrendamiento del vehículo.

De camino me topé con una numerosa comitiva que avanzaba hacia el cementerio, encabezada por un grupo de isleños que acarreaba un reluciente ataúd de madera. Por un momento temí que algún pascuense hubiese muerto a consecuencia de la violenta actuación de los carabineros en los disturbios de la mañana. Para salir de dudas, abordé con todo respeto a una muchacha que cerraba la comitiva y le pregunté acerca de la cuestión.

—No —me tranquilizó—. No tiene nada que ver.

A la chica se le unió un joven rapanui que, observándome con curiosidad, tomó enseguida las riendas de la conversación.

—Gracias por su interés —señaló—. El difunto era mi bisabuelo, una persona muy querida por todos los habitantes de la isla: Simeón Pakarati. ¿Le conocía?

Le recordaba de la misa del domingo. Simeón «el Eterno», miembro honorario del Consejo de Ancianos, finalmente había emprendido su último viaje.

—¿Qué se lo llevó? —pregunté.

El joven se encogió de hombros.

—Un poco de todo, supongo. Al fin y al cabo, ya tenía ciento cuatro años.

Le transmití mis más sinceras condolencias y el bisnieto de Simeón Pakarati me abrazó con delicadeza como muestra de agradecimiento.

Poco tiempo después me hallaba en el interior del todoterreno, atravesando la isla por las antiguas carreteras desiertas en dirección al volcán Rano Raraku. Los primeros goterones que salpicaron el parabrisas fueron el preludio del aguacero anunciado. De repente, el vehículo se vio envuelto en un ruido atronador, provocado por el fuerte viento y la lluvia torrencial que golpeaba la capota. Disminuí la velocidad, pero me negué a dar la vuelta. Pronto me crucé con otros vehículos que hacían el trayecto a la inversa, de regreso a la ciudad. El mal tiempo les había arruinado el día a los incombustibles turistas.

Cuando llegué al Rano Raraku no pude descender del vehículo hasta pasado un largo rato, y para cuando lo hice, una fina cortina de agua aún maceraba la atmósfera. Sin embargo, unas pocas gotas no impedirían la visita que se me había antojado realizar. Alcé la cabeza y la visión del histórico volcán extinto me produjo un ligero escalofrío en la base del estómago. Aquel mágico enclave desprendía la energía propia de un talismán de dimensiones fabulosas, cuyos cautivadores efectos no menguaban por muchas que fuesen las veces que hubiese estado allí. El Rano Raraku constituía la cantera donde fueron tallados los *moai*, y los vestigios de los colosos inacabados se extendían por ambas laderas del volcán como prisioneros de la propia roca.

Además, debido al temporal, no se divisaba un turista en varios kilómetros a la redonda. Tenía el lugar única y exclusivamente para mí.

Desfilé por la falda de la montaña, a cuyos pies se extendía una legión de *moai*, todos ellos terminados pero sepultados en la tierra hasta el cuello o la barbilla. Aquellas esculturas superaban en realidad los diez metros de altura, pero enterradas bajo la superficie, proyectaban al mundo la imagen de que fueran tan solo grotescas cabezas de tamaño descomunal. Una capa de sedimentos, producto de la parsimoniosa erosión del volcán, había ido cubriendo centímetro a centímetro el cuerpo de los colosos. Este proceso debió llevar siglos —cuando no milenios— hasta alcanzar la situación actual. El tiempo exacto no se conocía con certeza.

Caminando entre aquellos titanes me sentí insignificante como una hormiga, y no pude por menos que maravillarme una vez más ante los creadores de semejantes portentos de la naturaleza. Sin duda alguna, los *moai* constituían la joya de la corona del legado rapanui. El misterio de su fabricación y su traslado seguía arrancando muestras de asombro entre los turistas, mientras los guías locales expresaban su orgullo ante las proezas logradas por sus antepasados.

Emprendí la ascensión por el repecho del volcán. A uno y otro lado del sendero esbozado en la ladera vislumbré decenas de *moai* a medio hacer en diversas posturas, tanto erguidos como inclinados, e incluso tumbados boca abajo. Algunos formaban conjuntos, mientras que otros descansaban en solitario. Sus miradas ausentes me escrutaban en silencio, como centinelas condenados a guardar el volcán que les había visto nacer.

Alcancé al fin la cresta del volcán, desde donde obtuve una soberbia panorámica de la zona como recompensa. El antiguo cráter era una inmensa caldera redonda en cuyo fondo reposaba una laguna de agua dulce, cubierta en sus paredes internas por una alfombra de helechos y plantas acuáticas de un intenso color verdoso. Otras esculturas inacabadas y adheridas a la roca yacían olvidadas en la cara interna del volcán. Al fondo, el inabarcable océano Pacífico completaba aquel mirador de fantasía.

Tenía el pelo mojado a causa de la llovizna, y mi camisa ondeaba al compás del viento como si fuese una bandera en la que yo hacía de asta. El desapacible clima no empañaba en ningún caso la extraordinaria belleza de aquel paraje de postal.

De repente, noté una presencia a mi espalda. No estaba solo. Un hombre ascendía lentamente por la ladera del volcán. Lo más llamativo del caso era su insólito aspecto. Ataviado únicamente con un retal de tela que hacía las veces de taparrabo y una corona de plumas en la cabeza, vestía a la manera de los primitivos rapanui. El individuo blandía una lanza de obsidiana y adornaba la desnudez de su cuerpo envuelto en un lienzo de colores arcillosos. Su rostro me resultó irreconocible tras la espesa capa de pintura y la enorme distancia que aún me separaba de él. Instintivamente, procedí a saludarle con la mano.

El hombre se detuvo, pero en lugar de corresponder a mi saludo, tomó impulso y me arrojó el arma como si fuese un proyectil. Ni siquiera reaccioné. Todo transcurrió en décimas de segundos. La lanza me rozó el costado y por escasos centímetros no me ensartó como a un muñeco de trapo, haciendo de mí un blanco perfecto. Sin poder creerlo todavía, por fin caí en la cuenta de que el asesino de Erick iba ahora a por mí.

El individuo comprobó que había errado el lanzamiento y, sin inmutarse, enarboló una especie de machete y reanudó su ascensión. Al principio me invadió una oleada de pánico que me dejó paralizado, pero la mezcla de frialdad y decisión con que avanzaba el extraño acabó finalmente por hacerme reaccionar. Me giré y comencé a descender por la cara interna del volcán, recorriendo las pendientes y collados a pasos agigantados, sabiendo que me dirigía a un callejón sin salida. Salté sobre la frente de un *moai* yacente y me deslicé sin control por la piedra a causa de la humedad. El resbalón dio con mis huesos en la cavidad ocular de la colosal escultura, que debía llevar una eternidad contemplando el firmamento y la interminable danza de las estrellas. Me incorporé dolorido y seguí mi huida transitando por la mejilla derecha del *moai,* en paralelo a la estirada oreja. A continuación llegué a los finos labios, unidos en aquella característica mueca de altivez, y los esquivé de un solo salto a riesgo de romperme la crisma en el intento. Del mentón pasé al cuerpo, cuyo recorrido se me hizo increíblemente largo, hasta que recalé de nuevo en la pared volcánica que me conducía directamente hacia la laguna del cráter.

Hostigado por aquel hombre caracterizado como un antiguo rapanui, me pareció haber retrocedido cuatro o cinco siglos, a la época en que las guerras entre clanes asolaron la superficie de la isla. Poco acostumbrado a las carreras, huía de mi perseguidor completamente a ciegas, tan aterrado que ni siquiera me atrevía a mirar atrás.

Otro monumental *moai* adherido al manto de roca volvió a cruzarse en mi camino. Inclinado boca abajo en posición vertical, y en diagonal a la pendiente, me obligaba a descender por su efigie como si fuese un experto escalador.

Primero me deslicé por el tórax como si fuese un tobogán, hasta llegar a la prominencia de la boca, donde me detuve unos segundos a recuperar el resuello. A renglón seguido me encaramé a la afilada nariz, de cuya punta me descolgué como si fuese un trapecista, tras una laboriosa maniobra que requirió la coordinación de todos mis sentidos. Después me dejé caer sobre los ojos del *moai*, desde cuyas profundas oquedades me armé por fin de valor para buscar a mi perseguidor con la mirada.

No estaba en mi campo de visión. Al principio aquello me desconcertó más si cabía, porque no tenerlo a la vista aumentaba aún más mi nivel de nerviosismo. Volví a asomar el flequillo y a mirar en todas direcciones sin obtener resultado alguno. Las nubes sobre mi cabeza habían pasado de largo y la lluvia había cesado desde hacía varios minutos. Temblaba como un niño asustado, incapaz de dar un solo paso o moverme siquiera un centímetro. Entonces escuché voces procedentes de la cresta del volcán. Eran varias y sonaban en un idioma distinto. Quizás no tuviese otra oportunidad. Grité con todas mis fuerzas y el eco de mi voz resonó por la cantera con la misma intensidad que lo habrían hecho las azuelas de piedra en tiempos antiguos. Un grupo de turistas japoneses se asomó entonces al cráter y me distinguió en la lejanía, recostado sobre las cuencas oculares de un *moai* cercano a la laguna. Se miraron extrañados como si yo fuese una especie de perturbado, y a continuación procedieron a hacerme señas y a tomar fotografías.

Volví a suspirar aliviado. Por fortuna, la repentina aparición de los nipones —que negaron haber visto a nadie más en las inmediaciones—, me había salvado de un destino fatal.

Mientras conducía de regreso a Hanga Roa aún me tiritaban las manos. Me sentía como un idiota por haberme creído a salvo, pese a entrar en el mismo juego que Erick y conocer de primera mano la forma en que habían acabado con él. Había faltado muy poco para que me hubiesen hallado con una lanza atravesada en el vientre, del mismo modo que Erick había aparecido con la cabeza destrozada y una antena de langosta introducida por la cavidad rectal. Proseguí la marcha escarmentado, mientras el recuerdo del zumbido de la lanza lamiéndome el costado me producía un intenso escalofrío.

De repente di un frenazo y detuve el *jeep* en mitad de la carretera. A un lado, a la sombra de un ruinoso *moai* derribado, un conjunto de hombres y mujeres rapanui disfrazados a la usanza de sus antepasados conversaban entre ellos sosteniendo instrumentos musicales y viejas armas de guerra. A diferencia del individuo que me había perseguido, ninguno de ellos llevaba el rostro pintado. El conjunto ensayaba para las fiestas del Tapati, que se celebraban cada año para mantener vivo el folclore y las antiguas manifestaciones culturales rapanui.

Los pascuenses me miraron extrañados; luego aceleré el vehículo de nuevo y me perdí en el camino derrapando sobre el barrizal provocado por la lluvia.

Atravesé la puerta del residencial con la noche esparciendo su sombra, y para evitar ser interceptado por doña Gloria, crucé la sala común y el pasillo a velocidad de crucero. A buen seguro, mi lamentable aspecto la induciría a realizar preguntas indiscretas a las que prefería no tener que contestar. Necesitaba un baño caliente, seguido de un periodo de profunda reflexión. Estaba sopesando seriamente confesarle al comisario Villegas que yo también había recibido las mismas notas que Erick. Al fin y al cabo, aquel siniestro asunto se me había escapado de las manos y mi propia imprudencia me había puesto en el punto de mira del asesino. No creí que tuviese otra opción.

Fue mientras me desabotonaba mi selecta camisa hawaiana, que pedía a gritos un lavado a conciencia, cuando advertí un detalle que hasta el momento se me había pasado por alto. Había algo en el bolsillo de la pechera que a primera hora de la mañana no se encontraba allí. Al introducir la mano, el tacto de una cuartilla provocó que se me acelerase el corazón. Era otra nota del enigmático emisario.

El mismo tipo de papel, la misma caligrafía manuscrita, y al final del mensaje, aquella misteriosa firma que asemejaba la silueta de una tortuga. No me lo podía creer. ¡Alguien, a lo largo del día, había deslizado la nota en el bolsillo de mi camisa sin que me hubiese dado cuenta! Traté de hacer memoria. El inicio de la mañana había coincidido con el conflicto en el hotel Hanga Roa, durante el cual me había topado con casi todos los habitantes conocidos de la isla. Me gustara o no, estaba igual que al principio. El autor de la nota podía ser cualquiera. Además, tampoco conseguía asociar aquella singular rúbrica en forma de tortuga con nadie en particular.

Me encontraba en el mismo centro de dos voluntades enfrentadas entre sí: la que deseaba sacar a la luz el supuesto hallazgo y la que ansiaba ocultarlo a toda costa. Y a esas alturas todavía ignoraba quién era quién en aquel juego de sombras, identidades ocultas y mensajes en clave, de maniobras letales y consecuencias imprevisibles.

Abrí la ventana, por la que penetró una suave brisa nocturna que parecía querer susurrarme secretos al oído. Durante los últimos días había hecho ciertas averiguaciones que apuntaban a tres claros sospechosos: el gobernador Mario Ubilla, Hans Ottomeyer, e incluso el viejo capataz Reinaldo Tepano, y cada uno de ellos tenía su propio motivo para haber cometido el macabro crimen. Al gobernador le movía la ambición y habría sido capaz de hacer cualquier cosa con tal de apropiarse de la excavación arqueológica. Las razones de Hans se encuadraban dentro del crimen pasional, sin descartar otras ramificaciones de las que yo no estuviese enterado. Y Reinaldo había protagonizado algunos desencuentros, cada vez más obstinado en proteger determinadas tierras de sus antepasados. No obstante, siempre cabía la posibilidad de que la identidad del asesino correspondiese a cualquier otra persona. No me concernía a mí señalar al culpable; para eso ya estaba la autoridad policial.

La nueva nota, como no podía ser de otra manera, estaba escrita en lengua rapanui. Pensé en recurrir a Gloria, pero enseguida deseché la idea. Una segunda consulta bastaría para levantar sus sospechas. Necesitaba recurrir a alguien que no me causara problemas.

Entonces me vino a la cabeza la persona idónea para aquella tarea: Maeva. Su inocencia me garantizaba la más absoluta confidencialidad. Por desgracia, se había hecho demasiado tarde como para llevar a cabo una visita improvisada a casa de Hanarahi... No me quedaba más remedio que aguardar hasta la mañana siguiente para conocer el contenido del nuevo mensaje.

CAPÍTULO SEXTO

MIÉRCOLES

Tortuga *(honu)*: las tortugas de mar encontraron siempre su hogar en las aguas de la Isla de Pascua. No obstante, la especie se extinguió durante un tiempo, debido a la sobreexplotación a la que fue sometida por los antiguos isleños en épocas pasadas. Hoy en día, sin embargo, cualquier visitante puede disfrutar la experiencia de contemplarlas desde la caleta de Hanga Roa. En la cultura rapanui, la tortuga representa larga vida y respeto por la familia.

Aquella noche fue la peor de cuantas pasé desde la muerte de Erick. Apenas logré dormir, atenazado por los nervios y por el vívido recuerdo del intento de asesinato de que había sido víctima en la cantera del volcán. Me levanté decidido a traducir la segunda nota que había recibido, y en función de su contenido, resolvería o no acudir de forma inmediata a las autoridades chilenas. Definitivamente, ya había corrido más riesgos de los que estaba dispuesto a asumir.

Gloria Riroroko debió de advertir las huellas de mi desvelo, porque en lugar de taladrarme con su cháchara habitual, se limitó a servirme el desayuno en silencio al tiempo que me lanzaba una mirada indulgente. Si hubiera culpado a los *aku-aku* de mis males nocturnos no habría podido reprimir un comentario mordaz, a consecuencia de mi alarmante falta de sueño. Comí desganado y sin apenas levantar la cabeza del plato, mientras los demás huéspedes planificaban una nueva jornada de ensueño en la mítica Isla de Pascua.

Abandoné el residencial. Un cielo despejado tendía un velo de claridad sobre la isla. El clima se presentaba soleado, muy alejado de la inestabilidad del día anterior y sus tormentas pasajeras. Eché a caminar hacia la escuela para buscar a Maeva. Ya la había elegido para que me tradujera la nota manuscrita en lengua rapanui.

Al pasar junto a la caleta de Hanga Roa, observé anclado en la bahía un inmenso crucero de lujo. El barco, que navegaba hacia Tahití, había efectuado una escala en la isla para deleite de sus pasajeros. El estado en calma de las aguas favoreció el trabajo de las lanchas que se ocupaban de desembarcar a los turistas en el pequeño puerto de Hanga Piko. A pesar de los graves incidentes del día anterior, la vida debía continuar, y la llegada de aquellos acaudalados visitantes suponía una oportunidad de negocio única para los pascuenses.

En muy poco tiempo se montó un bullicioso mercado, transformando el puerto y sus aledaños en una especie de encerrona para los turistas. Los pasajeros del crucero eran recibidos con un collar de conchas en torno al cuello, o bien con una corona de flores sobre la cabeza. Los comerciantes exponían en sus tenderetes todo tipo de artesanía, si bien el reclamo principal lo constituían las figuras talladas en piedra o madera con forma de *moai* y estilizados hombres pájaro, frente a otros muchos *souvenirs* de carácter menos patrio pero igual de lucrativos, entre los que había llaveros, anillos o camisetas. Los comerciantes, además, tampoco le hacían ascos al regateo para cerrar un buen trato. Otros vendedores ofrecían fruta fresca de la propia isla, como la piña, la papaya o el camote, que aromatizaban el ambiente y dotaban al mercado de los colores más variados.

Pese a la importancia del turismo, algunas voces autorizadas dentro del Consejo de Ancianos comenzaban a alertar del efecto negativo causado por la excesiva afluencia de visitantes. Nadie cuestionaba que el turismo era esencial para el desarrollo económico de la isla, pero argumentaban que sin una adecuada regulación, a corto o medio plazo acabarían por pagar las consecuencias. Era un hecho cierto que de los veinte mil turistas recibidos en el año 2000, se había pasado a los sesenta mil en tan solo doce años, y que semejante número de visitantes estaba provocando un importante deterioro en el ecosistema de la isla. Se había visto afectada la tierra, los recursos naturales y la propia arqueología, que sufría el vandalismo de los desaprensivos que gustaban de marcar el patrimonio cultural con sus propios nombres y fechas. La escasez de suministro eléctrico para tanta demanda derivaba en frecuentes apagones de luz, y toneladas de basura se acumulaban en la isla, sin que hubiese salida posible para tantos residuos.

Por lo que yo tenía entendido, el presidente del Consejo de Ancianos, Lázaro Hereveri, era el más firme opositor al turismo masificado. No pude evitar pensar que en ningún caso le interesaría que saliera a la luz un hallazgo tan mediático como el que Erick había descrito, que indudablemente atraería a nuevas hordas de curiosos.

Independientemente del turismo, también se había producido un preocupante incremento de la población con residencia fija. Algunos visitantes se enamoraban de la isla y se establecían allí tras contraer habitualmente matrimonio con una persona nativa. Los tres mil habitantes censados en el año 2002 casi se habían duplicado en apenas diez años.

Atravesé el modesto muelle, ocupado sobre todo por botes de pesca, y también por algunas canoas artesanales destinadas a las fiestas del Tapati. La primera semana de febrero de cada año daba comienzo el popular festival pascuense, durante el cual se reproducían todo tipo de deportes y actividades ancestrales que homenajeaban la cultura rapanui. El *vaka tuai*, precisamente, consistía en recrear una embarcación tradicional polinesia y navegar después en ella. También se celebraban concursos de pinturas corporales, certámenes en la declamación de cánticos rituales, y competiciones a nado encima de un flotador de totora, o carreras mediante el deslizamiento sobre troncos de plátanos desde un cerro elevado.

Escapé a la confusión del puerto y proseguí mi recorrido. Escasos minutos después me encontré frente a la escuela. Tenía entendido que las clases se impartían en idioma español; no obstante, una moderna ley había garantizado también la enseñanza en rapanui, salvo por las asignaturas de lenguaje y matemáticas. El edificio era de reciente construcción, para la que se había utilizado como material básico piedra de la propia isla. Los patios integrados en espacios naturales se hallaban vacíos, señal de que los niños estaban en clase.

Accedí al interior y me encaminé a la recepción. Una joven rapanui sentada tras el mostrador tecleaba incansablemente ante el monitor de una computadora. En cuanto se percató de mi llegada, apartó la vista de la pantalla y me escudriñó con la mirada. Me presenté y, sin más, le pregunté directamente por Maeva. La secretaria frunció el ceño escamada por mi petición.

—Soy su padre —aclaré.

Aquel dato la hizo reaccionar. Ella conocía sobradamente a Hanarahi y su condición de madre soltera. ¿Acaso el escurridizo padre se había dignado por fin a dar la cara después de tantos años de ausencia? La secretaria me pidió que aguardase mientras rodeaba el mostrador y se perdía al fondo de un pasillo.

La espera se me hizo eterna, aunque apenas transcurrieron dos o tres minutos. Junto a la joven secretaria apareció una señora cuya mirada no ocultaba su recelo. Era la directora del centro. Tras ella circulaba Maeva, que aún desconocía por qué la habían sacado del aula.

—¡Papá! —exclamó, tan pronto me divisó en el vestíbulo.

Maeva corrió a mis brazos con el rostro encendido y me estampó un rosario de besos en las mejillas. Aquella reacción tranquilizó a la directora, que de entrada había desconfiado de la supuesta identidad que me había adjudicado ante la recepcionista.

—Germán Luzón de Estrada —me anuncié—. Le pido mil disculpas. No pretendía interrumpir la clase de Maeva. Le prometo que solo será un momento.

—Cinco minutos —indicó—. Y que no salga del recinto de la escuela.

—Gracias.

La directora se volvió por donde había venido y la secretaria ocupó su puesto frente al ordenador, sin quitarnos el ojo de encima. Conduje a Maeva a un rincón del vestíbulo donde al menos no me pudiera oír.

—¿Qué pasa? —inquirió Maeva llena de curiosidad.

—Primero, perdona por haberme presentado de esta manera, y por haberte hecho salir en mitad de una clase.

Maeva ni siquiera me lo tuvo en cuenta.

—Estaba en matemáticas —confesó, y me guiñó un ojo cuyo significado no me costó interpretar.

Esbocé una sonrisa. Entre otras cosas, parecía que mi hija también había heredado mi incurable aversión a los números.

—Necesito que me eches una mano con una cosa —repuse.

Aquello la cogió desprevenida. Maeva no acertaba a entender cómo ella podía servirme de ayuda. Tomé la cartera y extraje la segunda nota que había recibido.

—Está en rapanui —dije mientras se la tendía—. ¿Me la puedes traducir?

Maeva tomó el pedazo de papel y paseó su vista por los escasos renglones que conformaban el mensaje.

—Esto una tortuga, ¿verdad? —preguntó, señalando el dibujo que el misterioso remitente usaba para firmar sus misivas.

—Es lo que parece —admití.

Maeva releyó la nota de nuevo.

—No tiene mucho sentido —terció.

—No importa —la apremié—. Tú tradúcelo de la forma más precisa posible.

Maeva enarcó las cejas y se esforzó por complacer mi petición.

—«Ahora que ha decidido aceptar el desafío, ya no puede echarse atrás. El secreto ha de ser desvelado. Desde el *ahu* Vinapú camine doscientos pasos al Este. Después encuentre la señal, y cuando lo haya hecho, acuérdese del hombre pájaro.»

Memoricé palabra por palabra el contenido del mensaje.

—¿Estás segura de que pone eso y nada más? —insistí.

—Sí —corroboró Maeva—. ¿Qué significa?

—No es nada —repliqué restándole importancia al asunto—. Se trata de un juego que un colega de la excavación y yo nos traemos entre manos.

La recepcionista carraspeó desde el otro lado del mostrador, insinuando que se había acabado nuestro tiempo.

—Venga, vuelve a clase.

Maeva se hizo la remolona al principio pero acabó por obedecer. Si por ella hubiera sido, nos habríamos escapado de la escuela. La observé enfilar el largo pasillo y alzar la mano para decirme adiós.

Enseguida reparé en que, una vez más, no le había confesado que, salvo que ocurriera un milagro, estaba a punto de abandonar la isla.

Caminé por las calles en sentido contrario, camino del residencial. El nuevo mensaje me había dejado frío. Era vago e impreciso, y pese a ofrecer algunas claves que debían conducirme hasta el objetivo, no aportaba pistas claras que me permitiesen acometer una búsqueda con un mínimo de garantías. Además, yo conocía perfectamente la zona a la que se refería la nota, y allí no había nada significativo, salvo algunos petroglifos desperdigados por el perímetro de la costa. De hecho, si no me equivocaba, doscientos pasos al Este era más o menos la distancia que a uno le separaba del borde del acantilado.

Por otro lado, tampoco perdía nada por comprobarlo de primera mano. El lugar quedaba cerca de la excavación, a la que tantas veces había acudido a pie o en bicicleta. Traté de insuflarme ánimo. En teoría, Erick se había servido de aquellas mismas notas para realizar el supuesto hallazgo, de manera que si él lo había logrado, ¿por qué no habría de hacerlo yo?

Al doblar la esquina avisté el vehículo patrulla de los carabineros aparcado frente al residencial. Instintivamente, me detuve. Lo último que deseaba en aquel momento era protagonizar otro encontronazo con el comisario Villegas.

Entonces, alguien me abordó por la retaguardia dándome un buen susto. Por un instante creí que se trataba del asesino, que había venido a ajustar cuentas a plena luz del día y en mitad de la calle, sin que la presencia de testigos le hubiese intimidado. El extraño me sujetó por el brazo desde atrás y pegó su boca a mi oído.

—Han venido a arrestarle —susurró.

No dijo nada más y prosiguió su camino sin darse la vuelta, dejándome atrás rápidamente. Le reconocí sin dificultad. Era el marido de doña Gloria, al que casi nunca veía en el residencial porque se pasaba la mayor parte del tiempo ejerciendo de guía para los turistas.

Agradecí la advertencia. Del comisario Villegas —instigado por el gobernador Ubilla— me podía esperar cualquier cosa, incluida mi propia detención. ¿Habría cumplido Esteban su amenaza y me habría imputado el asesinato de Erick, aunque solo fuese por puro despecho?

Retrocedí sobre mis pasos. Por descontado, era cuestión de tiempo que diesen conmigo —una isla no ofrecía escapatoria—, pero antes rastrearía el contenido de la nota hasta encontrar lo que buscaba, o me topase ante un callejón sin salida. Tal como se habían puesto las cosas, probablemente no tendría otra oportunidad.

Recorrí el camino hasta el *ahu* Vinapú con paso tranquilo. Algunas aves marinas sobrevolaban el trazado próximo a los farallones que delimitaban el litoral. Me crucé con algunos ciclomotores, caballos y transeúntes, sin ocultarme de su vista. Es más, la presencia de otros viandantes me daba cierta seguridad de no ser atacado.

El recinto arqueológico seguía vacío. El gobernador aún no había tenido tiempo de formar al nuevo equipo que retomaría el proyecto iniciado por Erick. Unas pocas vallas dispuestas en el perímetro de la excavación advertían de la prohibición de traspasar sus fronteras, mientras que las zanjas abiertas en la tierra habían sido cubiertas con lonas de plástico. Ignoré el improvisado vallado y me aproximé a la caseta que dos días atrás había ocupado en calidad de director del proyecto. Sin demasiada convicción, probé a abrir con la llave que aún llevaba conmigo. La puerta cedió. El gobernador no había tomado la precaución de cambiar la cerradura.

Ya en el interior, tomé asiento tras el escritorio y me hice con algunos planos de la zona que se mencionaba en la nota. A lo mejor estaba pasando algo por alto: una grieta, o una cavidad oculta... eso era lo único que podría explicar que un hallazgo del calibre que se le presuponía hubiese pasado desapercibido hasta ahora. Estuve tentado de coger el móvil y llamar a alguno de mis antiguos colegas de expedición para que me asistieran en la búsqueda. Hans Ottomeyer poseía una mente analítica, lo que unido a su extraordinario conocimiento del medio le convertían en el candidato ideal. Sonia Rapu, por su parte, era increíblemente intuitiva; rasgo que se me antojaba vital en una misión que abordaba prácticamente a ciegas. Incluso el viejo Reinaldo Tepano me habría podido servir de ayuda, siempre y cuando los *aku-aku* le hubiesen susurrado al oído la ubicación exacta del secreto mejor guardado de la isla.

Desde luego, enseguida descarté la idea. Aunque me costara admitirlo, ya no podía fiarme de Hans, ni tampoco de Reinaldo. Cualquiera de los dos podía ser el asesino. En todo caso, debía ser coherente con mi decisión de no involucrar a nadie en aquel peligroso asunto.

Mientras estudiaba los planos con gran concentración, sentí el abrumador peso de los párpados abatiéndose sobre mis ojos. Todo lo que no había dormido durante la noche se me vino ahora encima de golpe, sin que pudiese hacer nada por evitarlo. El sueño era mucho más fuerte que yo. Recliné la cabeza sobre la mesa y poco a poco me fui sumiendo en un profundo letargo.

Desperté abotargado y con un terrible dolor de cabeza. Eran casi las cinco de la tarde. Sin pretenderlo, me había obsequiado con más de cuatro horas seguidas de sueño. Los carabineros no me habían localizado, de modo que supuse que se limitaban a esperar en el residencial a que regresara. En todo caso, no quise tentar a la suerte y decidí que había llegado el momento de ponerme manos a la obra.

Me armé con una paleta y salí convencido de que podía resolver el misterio. Tendría, además, que hacerlo yo solo. La nota establecía que debía iniciar la búsqueda desde el *ahu* Vinapú. Primer problema. El soberbio muro medía tres metros de altura por setenta y cinco de longitud. De norte a sur, ¿qué lugar del *ahu* debía tomar como punto de partida? Entre dientes, maldije la ambigüedad del enigmático remitente. A fin de cuentas, si pretendía que realizase el hallazgo, ¿por qué no era más preciso en sus indicaciones? La respuesta, me dije, era bien sencilla: porque había que ganárselo. Además de credenciales, el descubridor debía probar su valía. Eso era, por lo menos, lo que se desprendía de la actitud adoptada por el anónimo emisor de las misivas.

Me situé en el punto central del *ahu* Vinapú e inicié los doscientos pasos en dirección Este, según rezaba la nota. Conforme avanzaba, el océano se fue ensanchando en el horizonte, pasando a ocupar en breve el segmento más amplio de mi campo de visión. Unos minutos más tarde, tal como había calculado, me vi al borde del acantilado tras recorrer la distancia establecida. Me asomé al farallón, una pared vertical de más de cien metros de altura que se hundía en un torbellino de olas, espuma y afilados bloques de lava semejantes a fauces marinas.

A mi alrededor se desplegaba un paraje pedregoso y carente de vegetación. No se veía un alma en aquella solitaria franja de la isla.

¿Cómo encontraría ahora la señal a la que hacía referencia el mensaje, cuando ni siquiera sabía lo que estaba buscando? No me desanimé y pensé que de existir la reconocería nada más verla. Inicié el recorrido por el borde del acantilado inspeccionando cuidadosamente el terreno. Aunque la aldea ceremonial de Orongo era el lugar donde se concentraba el mayor número de petroglifos, en realidad los había por toda la isla. En aquel área en particular distinguí unos cuantos que reflejaban motivos relacionados con el mar y la pesca. Las incisiones en la roca representaban, entre otras figuras, los contornos de ballenas, pulpos y anzuelos.

Veinte minutos de búsqueda infructuosa amenazaban con colmar mi paciencia. Aquello no tenía ni pies ni cabeza. ¿De verdad había creído que el hallazgo antropológico más importante de los últimos cien años —como lo había calificado Erick— estaba allí mismo? Si así fuera, ya habría sido descubierto decenas de años atrás por otras generaciones de especialistas.

Fue entonces cuando me paré en seco. Sobre la desgastada superficie de una robusta piedra se vislumbraba un petroglifo que esbozaba la silueta de una tortuga. Lo supe al instante. ¡Aquella tenía que ser la señal!

Examiné la roca desde todos los ángulos, sin apreciar nada de particular. Resultaba, además, demasiado pesada como para desplazarla siquiera un solo centímetro. Después hice uso de la paleta para remover la tierra de su contorno. Debía andarme con cuidado porque uno de sus lados apenas se distanciaba un metro del precipicio. El análisis no reveló la menor pista. Volvía a estar tan perdido como al principio.

Pese a que era incapaz de verlo, estaba convencido de que la clave del misterio se encerraba en aquel petroglifo. No podía tratarse de una casualidad. ¿Qué decía la nota? «Desde el *ahu* Vinapú camine doscientos pasos al Este. Después encuentre la señal, y cuando lo haya hecho, acuérdese del hombre pájaro». ¿Cómo interpretar aquella última línea? ¿Acaso debía echarme a volar como si fuese una gaviota? Entonces me di cuenta de lo ciego que había estado. Los antiguos rapanui arriesgaban su vida descendiendo por los acantilados durante la ceremonia del culto al hombre pájaro. Ahora sí, el contenido del mensaje cobraba todo su sentido. En cuanto me asomé al abismo, sentí que se me aceleraba el ritmo cardiaco. Era una locura descender por un acantilado que parecía cortado a pico y, sin embargo, yo estaba dispuesto a hacerlo.

Regresé a toda prisa al yacimiento arqueológico, donde me proveí de una larga cuerda y una pequeña linterna. Ya intuía a qué me podía enfrentar y estaba convencido de hallarme en el camino correcto.

Até la cuerda a la roca del petroglifo de la tortuga y, tras probar su resistencia, la dejé caer por la pared del acantilado. Sabía que me estaba jugando la vida, pero el anhelo por realizar el hallazgo era mucho más fuerte que yo. Tanto, que ni siquiera mi escasa pericia como escalador me disuadiría de mi empeño. Agarré la cuerda con aires de equilibrista e inicié el descenso hacia el abismo. Si alguien me hubiese estado observando en ese instante, sencillamente me habría visto desaparecer por el borde del farallón.

En cuanto tuve ocasión apoyé los pies sobre una estrecha cornisa y me aferré con las manos a los salientes rocosos que me podían valer de sujeción. A partir de aquel momento utilizaría la cuerda tan solo como sostén puntual o en caso de emergencia. Proseguí mi descenso por la cornisa inclinada, con la mejilla pegada a la roca como si abrazara la pared del acantilado. Preferí no mirar abajo para evitar que el vértigo me traicionara. El fragor de las olas estrellándose contra los depósitos de lava solidificada me perforaba los oídos en un canto infernal.

El descenso estaba siendo lento, pero debía extremar la precaución. Mis dedos se aferraban al menor de los asideros con absoluta convicción, hasta que uno de ellos se partió y casi me hizo perder el equilibrio. Respiré hondo y continué descendiendo. Poco después planté los pies en un saliente un poco más ancho y decidí darme la vuelta. Con la espalda pegada a la pared, contemplé el cielo reflejado en el océano infinito. Una suave racha de viento me agitó el pelo y me roció la cara de salitre. Me agaché despacio y asomé la cabeza. Oculta bajo el saliente de piedra descubrí una angosta abertura, cuyo ángulo y ubicación hacían que fuese imposible su detección desde el mar.

La hendidura se hallaba a unos cincuenta metros por debajo del borde del acantilado. Después, el precipicio caía sin interrupción hasta el fondo de los arrecifes. Maniobré para introducirme en la cavidad y logré sentarme en la cornisa con los pies colgando en el vacío. La cuerda, que resultaría crucial para el ascenso, pendía a merced del viento a escasos centímetros de la abertura. Entonces observé mi camisa y el recuerdo de Erick acudió inmediatamente a mi cabeza: la prenda presentaba las mismas minúsculas rasgaduras sufridas durante el descenso, como consecuencia de las puntiagudas aristas que salpicaban la pared del acantilado. Ya no albergaba la más mínima duda: Erick Solsvik había estado allí.

A través de la abertura no habría cabido ni medio cuerpo. No obstante, tras desplazar la piedra que bloqueaba el acceso, logré despejar una entrada que conectaba con la red de galerías subterráneas que conformaban el subsuelo de la isla. Me introduje en la cavidad a rastras y avancé unos cuantos metros. El tramo destilaba humedad por su proximidad al acantilado. Pronto la luz natural me abandonó y alumbré la oscuridad con la linterna de mano. Gradualmente, el pasadizo se fue ensanchando hasta que pude enderezarme y proseguir a pie. Muy poco después el trazado alcanzó las dimensiones de un túnel de metro.

Caminaba muy lento, vigilando cada paso que daba, mientras enfocaba suelo y paredes con el perezoso haz de luz que proyectaba la linterna. A medida que avanzaba, tenía la impresión de que el tramo que dejaba atrás se empequeñecía conforme se inundaba nuevamente de oscuridad. Por suerte, el camino no se había bifurcado hasta el momento, así que no había posibilidad de perderme en el camino de vuelta. No se escuchaba otra cosa que el eco de mis pisadas y los latidos de mi propio corazón.

Por fin desemboqué en una estancia de enormes dimensiones y gran altura. El ambiente se había sofocado y me hacía sudar copiosamente. Examiné hasta el último recoveco de la cámara de techo abovedado y suelo irregular, pero reanudé la marcha a los quince minutos porque no hallé nada de valor.

Tan solo uno de los muchos conductos que se abrían en la pared me permitía continuar; el resto eran demasiado estrechos, o se bloqueaban tras avanzar unos pocos metros. Me introduje por la angosta galería que suponía mi única opción y proseguí el camino a gatas por aquel universo de rocas y tinieblas. Enseguida advertí que de las vetas del techo se filtraban unas gotas sucias que me caían sobre la cabeza e impregnaban mi pelo de humedad. Me dio por imaginar que era el llanto de la isla, que sollozaba tras haber sido testigo de las innumerables desdichas acontecidas a lo largo de toda su historia.

Poco después llegué a una cámara en la que se abría una bifurcación, que enseguida volvía a unificarse en una sola vía. Unos pasos más a través de la galería me condujeron a una nueva estancia de gran amplitud, en la que aparentemente se interrumpían todos los caminos. Todo apuntaba a que mi viaje hacia el corazón de la isla había tocado a su fin.

Me sentía incapaz de calcular la distancia que había recorrido, pero comprobé que el tiempo transcurrido ya superaba la hora. Exploré la cueva donde me hallaba, convencido de que lo que buscaba tendría que estar allí. El resultado, sin embargo, fue negativo. Frustrado, me recliné sobre una pared de la cueva y apagué la linterna para no malgastar la energía de la pila. Nada me impedía reflexionar inmerso en la oscuridad.

La atmósfera se había viciado y encontré cierta dificultad para respirar. El calor se había disipado, dando paso a un frío tenue. El peso de la isla ejercía una presión inmaterial sobre mis hombros, que aumentaba a cada segundo mi sensación de claustrofobia. Quizá iba siendo hora de volver sobre mis pasos y retornar a la seguridad de la superficie. Al encender la linterna de nuevo, distinguí sobre mi propio cuerpo las mismas manchas parduscas que había observado en la camisa de Erick. Las lágrimas de la isla me indicaban que seguía en la senda correcta. Todo señalaba que había reproducido paso por paso el mismo trayecto que efectuara el antropólogo noruego. Hice acopio de coraje y decidí que no me podía rendir.

Recorrí una vez más la estancia con el haz de la linterna. Las paredes rugosas de piedra se mostraban desnudas, mientras que el suelo estaba cubierto de un limo medio seco. Fue entonces cuando advertí la presencia de un orificio en una esquina del techo. Estaba situado a dos metros de altura, pero numerosos salientes favorecían su escalada. Trepé por la pared y me incorporé a una nueva galería, más fría aún que la anterior. Unos metros después desemboqué en una cámara cerrada que me dejó boquiabierto.

Un imponente mural cubría una de las paredes de la cueva.

Las muestras de pintura rupestre en la Isla de Pascua eran muy escasas. Su desarrollo, además, tuvo lugar en un periodo bastante tardío, y sus motivos fundamentales aludían al hombre pájaro y al dios Make-Make.

Lo que tenía ante mi vista era algo completamente distinto.

El mural exhibía un grupo de animales dibujados con gran detalle y realismo. Distinguí pumas, jaguares y cóndores con extraordinaria claridad, ninguno de los cuales, por supuesto, había formado jamás parte de la fauna de la isla. Me acerqué a las pinturas. El pigmento utilizado parecía ser carbón vegetal mezclado con alguna otra sustancia. A simple vista, y a expensas de someter el hallazgo a los correspondientes análisis y procesos de datación, me embargó la certeza de hallarme frente a una antiquísima muestra de arte, incluso anterior a la fecha en que la propia arqueología señalaba el primer poblamiento de la isla. Asimismo, la naturaleza de los animales representados en el mural avalaría en gran medida la tesis que defendía el origen americano de sus primeros pobladores.

Ciertamente, se trataba de un descubrimiento sensacional que haría correr ríos de tinta en el mundo académico. Sería objeto de estudio por grandes expertos. Los especialistas más ortodoxos tratarían de desacreditarlo, o de ignorarlo si la estrategia no funcionaba, mientras que otros se ocuparían de crear teorías que encajasen aquel hallazgo en su esquema de pensamiento. Unos y otros se enzarzarían en acalorados debates científicos, no exentos de la más agria polémica.

Entonces advertí que había algo bajo mi pie. Me agaché y retiré con la mano una capa de lodo solidificado, para dejar al descubierto un hueso humano que llamó poderosamente mi atención. Al principio no quise creer lo que veía, y mientras sostenía la linterna con una mano, con la otra proseguí limpiando el resto de la osamenta. Comencé a temblar sin poder evitarlo. Mi corazón latía con la potencia de una locomotora y un agudo hormigueo se me instalaba en las tripas. A un paso observé otro esqueleto que parecía haber sido recientemente limpiado, con toda seguridad a manos de Erick. Enseguida me di cuenta de mi error. No se trataba del mural, sino de los huesos. «Un hallazgo increíble que nos haría mirar de manera distinta tanto el pasado de la isla como el de la propia humanidad». Revisé los cálculos que había efectuado a toda prisa, tanto de la longitud y el diámetro del fémur y el húmero como del cráneo y la columna vertebral. Todavía me costaba aceptarlo, pero si estaba en lo cierto, aquellos hombres podían haber medido entre tres y cuatro metros de altura... ¿O sería más apropiado calificarlos de gigantes?

El tema, desde luego, no era ajeno a mis amplios conocimientos sobre la materia. Para empezar, casi la práctica totalidad de textos antiguos consideraba incuestionable la existencia de gigantes en un pasado remoto. Las referencias más conocidas se encuentran en la Biblia, donde, al margen del famoso pasaje de David contra Goliat, se recogen citas mucho más explícitas. Génesis 6, 4: «*Había gigantes en la Tierra en aquellos días, y también después, cuando...*». Números 13, 33: «*Hasta gigantes hemos visto allí, ante los cuales nos pareció que nosotros éramos como saltamontes, y eso mismo les parecíamos a ellos*». Deuteronomio 3, 11: «*Og, rey de Basán, era el último superviviente de la raza de gigantes. En Rabba, ciudad de los amonitas, se muestra su cama de hierro, la cual tiene cuatro metros cincuenta de largo y dos de ancho*». La Biblia incluye bastantes citas más, pero ni mucho menos constituye la única fuente. El libro apócrifo de Baruc, sin ir más lejos, es aún más rotundo: «*Dios trajo el diluvio a la Tierra y destruyó toda la carne, así como a 409.000 gigantes*». Antiguos textos judíos especifican incluso diferentes clases de gigantes, como los *nefilim*, los *giborim* o los *emites*. Alusiones a gigantes se recogen también en otros libros sagrados, como el Kebra Nagast de los reyes etíopes, la epopeya sumeria de Gilgamesh, o el Popol Vuh de los mayas.

Otras muchas culturas atesoran historias de gigantes entre sus tradiciones y leyendas. Y, en general, todas coinciden en que tan solo unos pocos de ellos lograron sobrevivir al Diluvio, pasando después a vagar sin rumbo por la Tierra, perseguidos y despreciados por los humanos de tamaño natural. La mitología griega no escatima detalles en lo que a historias de titanes se refiere. Las fábulas nórdicas y germanas tampoco se quedan atrás. Los aztecas narraron a los conquistadores que en tiempos pasados había vivido allí una raza de gigantes malvados, a los que habían logrado exterminar tras feroces escaramuzas. Los antepasados de los indios *delaware*, los *lenapees*, aseguraban haber expulsado de sus tierras a una especie de abominables gigantes. La casuística resulta interminable, y se repite a lo largo y ancho de todo el planeta.

Pero además de los textos y leyendas, también han aparecido otro tipo de pruebas bastante más tangibles en favor de su realidad. Tanto en Safita (Siria), como en Ain Fratissa (Marruecos), equipos de arqueólogos han hallado antiquísimas herramientas de trabajo de formidable tamaño, que personas de talla normal no habrían sido capaces de manejar. En concreto, hachas de mano de 32 cm de longitud por 22 cm de anchura y 4,2 kilos de peso, las cuales sugieren que quienes las utilizaron debieron medir unos cuatro metros de altura.

Incluso se han descubierto restos fósiles de tamaño extraordinario, correspondientes a huesos aislados —fémures o cráneos—, que la ciencia explica alegando que el sujeto debió de haber padecido de acromegalia o gigantismo, —enfermedades causadas por una secreción excesiva de la hormona del crecimiento—. El interior de aquella cueva, en cambio, cobijaba como mínimo cuatro o cinco esqueletos de similares características que descartaban por completo aquella posibilidad.

Precisamente, en el año 2004 tuvo lugar un impresionante descubrimiento antropológico que sumió a la comunidad científica en la más absoluta perplejidad. Un equipo internacional de investigadores encontró en la isla de Flores (Indonesia) los restos de una especie humana hasta entonces desconocida: el *Homo floresiensis*. Lo que más llamó su atención fue que aquellos homínidos apenas superaban el medio metro de altura. La prensa no perdió la ocasión y los apodó como *hobbits*, en referencia a la raza de seres de pequeña estatura creada por Tolkien.

Algunas voces se alzaron en contra, arguyendo que en realidad se trataban de seres humanos afectados por microcefalia o enanismo. Nada más lejos de la realidad. Sucesivas excavaciones fueron sacando a la luz nuevos restos fósiles que confirmaron la autenticidad del hallazgo. Había quedado demostrado que la diversidad humana de nuestro pasado era mucho mayor de lo que se pensaba, y que quizás no todas las especies de nuestro árbol genealógico habían sido descubiertas todavía. Constituía, así mismo, un hecho irrefutable que hace 18.000 años, en una época relativamente reciente, el *Homo sapiens* y el *Homo floresiensis* coexistieron en el planeta. Aquello abría la puerta a que los encuentros entre ambas especies derivaran en la futura creación de mitos y leyendas relativos a seres diminutos que habrían alimentado el imaginario de tantas culturas y civilizaciones antiguas.

Un fenómeno similar, pensé, debió de haber ocurrido con aquella especie humana de talla descomunal, a los que bien se les podía llamar gigantes.

Desplazándome con cuidado, traté de averiguar el número de esqueletos que podía haber en el interior de aquella cueva. Al tiempo, mi cerebro no dejaba de rumiar un pensamiento tras otro. Visualicé el rostro de un *moai* en busca de las respuestas que hasta entonces la ciencia no había sido capaz de proporcionar. ¿Acaso los peculiares rasgos del *moai* clásico —cabezas rectangulares, narices largas y rectas, labios finos, mandíbulas poderosas, y unas amplias orejas que llegan hasta el cuello— se correspondían con el rostro de aquella extinta raza de gigantes? Excitado por el descubrimiento, proseguí con las especulaciones. A partir de la constitución y el grosor de aquellos huesos, estimé que uno solo de aquellos seres podía haber albergado la fuerza de diez hombres. ¿Fueron ellos entonces los creadores originarios de los moai? ¿Y fue así como transportaron las colosales esculturas, gracias a aquella fuerza sobrehumana? Sospechaba que así era, pero en combinación con los conocimientos técnicos que aquella especie debió de haber traído de su tierra de origen, que no podía ser otra que Sudamérica, según se desprendía del mural.

Sentí una increíble emoción, distinta a cualquier otra que hubiese experimentado en toda mi vida. Aquel descubrimiento revolucionaría el panorama científico del conjunto de disciplinas que estudiaban nuestro pasado más remoto. Mi nombre quedaría inscrito con letras de oro en la historia de la arqueología...

De repente, capté un destello por el rabillo del ojo que me devolvió a la realidad. El resplandor de una luz artificial se aproximaba por la galería de acceso a la cueva.

Alguien me había seguido...

Sonia Rapu penetró en la caverna. Había utilizado el teléfono móvil para iluminar sus pasos a través de la inquietante negrura del subsuelo. Para mi sorpresa, la joven arqueóloga obvió mi presencia, como si yo no estuviese allí. Primero observó el mural y después se arrodilló ante uno de los gigantes, contemplando su esqueleto con absoluta incredulidad. Saltaba a la vista que era la primera vez que estaba allí, aunque su actitud hacía denotar que ya había escuchado hablar de aquel sitio con anterioridad.

Me desconcertó su inexplicable silencio, pero lo atribuí a la conmoción por el hallazgo.

—Sonia —dije—. ¿No es increíble? Este era el gran descubrimiento al que Erick se había referido la noche que nos llamó.

Sonia alzó la cabeza y me miró por primera vez a la cara. Apenas la reconocí. De su rostro había desaparecido cualquier atisbo de simpatía, y a primera vista no quedaba ni rastro de la dulce muchacha rapanui con la que había compartido tantas horas de trabajo. Su mirada era fría, y el moño que siempre lucía se había transformado en una indómita melena que le caía sobre los hombros.

Lo más insólito sucedió a continuación. Sonia se puso en pie y sacó una Beretta, el arma reglamentaria de los carabineros de Chile. Se trataba, por supuesto, de la pistola que había desaparecido durante el asalto al hotel Hanga Roa. Después extendió el brazo en ángulo recto y me apuntó directamente al corazón.

—¿Sonia? —murmuré—. No puedes ser... —añadí, incapaz de admitir lo evidente.

Procuré mantener la serenidad. Enseguida advertí que Sonia pretendía fingir lo que no era. Bajo su aparente máscara de hostilidad, Sonia estaba en realidad muerta de miedo. Pude medir el alcance de su verdadero nerviosismo por el temblor de sus piernas. No todo estaba perdido. Debía entablar conversación con ella para llegar al fondo del asunto, y en última instancia hacerla desistir de su aparente propósito homicida.

—Entonces, cuando Erick me llamó... ¿eras tú quién estaba con él?

Al principio creí que no soltaría prenda, pero rápidamente me di cuenta de que Sonia estaba deseando hablar.

—Sí, Germán —aclaró—. Por supuesto que era yo. Afortunadamente, todos os creísteis mis mentiras.

—¿Qué pasó? —balbuceé.

Otro breve silencio antes de responder.

—Tan pronto Erick me contactó, acudí inmediatamente a su llamada. Pero no lo hice sola. De hecho, nada de esto habría ocurrido si mi abuelo no hubiera venido conmigo. —La voz de Sonia se quebró por un instante, tras el cual recuperó su tono glacial—. Fue él quien golpeó a Erick en la cabeza cuando hablaba por teléfono contigo, dejándole inconsciente. Fue un acto instintivo. Yo le increpé, horrorizada, pero entonces mi abuelo me ordenó que regresara a casa. Estaba fuera de sí. No atendía a razones y me quería lejos de allí. Me marché sin saber qué era lo que tenía en mente. Germán, tú conoces la relación que yo mantenía con Erick. Jamás pensé que le mataría. —Sonia agachó la mirada un segundo—. Después supe que le remató sin piedad, y tras idear un plan para no dejar rastro, se ocupó de trasladar su cadáver a la Cueva de los Caníbales.

Cuando escuché aquello, no me costó trabajo identificar al robusto abuelo de Sonia como el individuo que me había perseguido en la cantera del Rano Raraku caracterizado como un antiguo guerrero rapanui.

—Aparta la linterna —advirtió Sonia, molesta porque le deslumbraba los ojos.

Obedecí y deposité la linterna en el suelo. El foco de luz quedó orientado hacia la pared del mural. La silueta de Sonia y la mía propia, separadas por escasos metros, quedaron envueltas en una suave penumbra mortecina. Sabía que después de lo que me había confesado, Sonia no podía dejarme salir con vida de allí. Sin embargo, también dudaba de que tuviese las suficientes agallas para matarme a sangre fría, como su abuelo había hecho con Erick. Debía mantener vivo el diálogo e intentar hacerle ver el error que cometía, así que me centré en las muchas preguntas que aún seguían sin contestar.

—¿Por qué? —acerté a decir—. ¿Por qué mató tu abuelo a Erick?

—Para proteger el legado del pueblo rapanui —replicó Sonia—. Tan pronto oyó hablar a Erick de la existencia de esta otra increíble especie humana, aún por catalogar, mi abuelo supo de inmediato que los especialistas les atribuirían a ellos, en lugar de a nuestros antepasados, el mérito de la creación de los *moai*.

—Pero si realmente fueron ellos los verdaderos artífices, ¿por qué no reconocerles el mérito? Tú eres arqueóloga. ¿De veras crees que ocultar la verdad es la mejor solución?

Sonia aún sostenía el arma con firmeza, aunque de momento no parecía tener intención de disparar.

—Yo no planeé nada de lo sucedido —se excusó—. Mi abuelo actuó por su cuenta. Fue su decisión. Él pertenece al Consejo de Ancianos y siente una profunda devoción por las raíces de su pueblo. Desde su punto de vista, haría cualquier cosa por defender la cultura rapanui.

—El Consejo de Ancianos se sentiría avergonzado si supiera de lo que tu abuelo ha sido capaz. Desde luego, ellos nunca justificarían una aberración semejante.

—Para mí también supuso una gran conmoción, pero... —La hermética coraza de Sonia comenzaba a resquebrajarse—. Supongo que no tenía otra salida. ¿De verdad crees que sería capaz de entregar a mi abuelo? Le debo todo lo que soy. Él es mi única familia.

De sus palabras se desprendía que Sonia se había convertido involuntariamente en cómplice del arrebato criminal de su único progenitor. El vínculo que la unía a su abuelo debía de ser extraordinariamente fuerte, tanto como para estar dispuesta a protegerle pese a haber acabado con la vida del hombre a quien ella amaba en secreto.

—¿Sabíais que los restos óseos se encontraban aquí? —pregunté.

—No. El día que Erick los descubrió nos citó en el yacimiento arqueológico. Pero no nos llegó a decir el lugar donde había efectuado el hallazgo.

Noté que Sonia necesitaba seguir hablando. Nuestra conversación era lo único que la separaba de concluir la macabra obra que su abuelo había iniciado. Después no le quedaría más remedio que ocuparse de mí... si le alcanzaba el valor.

—Mi abuelo registró el cuerpo de Erick y descubrió la nota que llevaba encima. Erick no había realizado el hallazgo por casualidad. Alguien le había guiado hasta aquí.

—¿Quién? —exclamé intrigado—. ¿Quién enviaba los mensajes?

—A mi abuelo le resultó muy sencillo averiguarlo...

Bufé, contrariado por su respuesta.

—Y si conocía su identidad, ¿por qué trató entonces de acabar conmigo en la cantera del volcán, en vez de hacerlo con el emisario? ¿No era mucho más lógico tratar de evitar que esa persona siguiese enviando notas, a mí o a cualquier otro?

—Tienes razón —reconoció Sonia—. Y eso fue lo que hizo. Mi abuelo, decidido a zanjar el asunto de una vez por todas, se ocupó de silenciarlo para siempre. Sin embargo, parece que aquello no bastó, pues de algún modo se las arregló para ponerte sobre la pista del secreto incluso después de muerto. Por eso te seguíamos tan de cerca.

Sacudí la cabeza. No estaba seguro de haberlo entendido bien.

—Aguarda. ¿Acabas de decir que después de matar a Erick, tu abuelo asesinó también al remitente de las misivas?

Sonia asintió. Nuestras voces reverberaban en la cueva en forma de lúgubre sinfonía.

—¿Es que a estas alturas todavía no sabes quién era? —inquirió.

Lo medité a conciencia. ¿Qué otra persona había muerto en los últimos días? De repente caí en la cuenta y sentí que todas las piezas del puzle encajaban en su sitio.

—Contéstame a una pregunta —pedí, para corroborar que estaba en lo cierto—. El Consejo de Ancianos había asignado a tu abuelo el símbolo del *moai*, y a Lázaro Hereveri, el del *tangata manu*. ¿Qué icono del universo rapanui le correspondía a Simeón «el Eterno» como miembro honorario?

—La tortuga… —repuso Sonia.

Agaché la cabeza y dejé escapar una maldición. Si lo hubiera adivinado antes, todo se habría desarrollado de una manera muy distinta.

—Ignoramos desde cuándo Simeón Pakarati conocía la ubicación de esta gruta y su asombroso contenido —explicó Sonia—. Ni si la descubrió él mismo o fue un secreto que se transmitió dentro de su familia de generación en generación. En cualquier caso, y por el motivo que fuese, el viejo decidió que ya había llegado la hora de ponerlo en conocimiento de la ciencia. —Advertí que Sonia, por primera vez, aflojaba ligeramente la mano con que sostenía la pistola—. Simeón «el Eterno» era muy querido dentro de la isla, y no era raro que recibiese ocasionales visitas de otros rapanui. Mi abuelo fue a verle hace dos días. No sé qué le hizo, pero lo cierto es que unas cuantas horas más tarde Simeón exhalaba su último aliento. Nadie atribuyó el hecho a una causa distinta de la muerte natural. Al fin y al cabo, ya eran ciento cuatro años los que el anciano arrastraba a cuestas.

Un breve silencio sobrevoló la cámara de los descubrimientos.

Me froté ligeramente la barbilla. Recordé haberme topado con la comitiva que transportaba el féretro de Simeón, camino del cementerio. Un joven me abordó y se identificó como su bisnieto. Al final del breve encuentro me abrazó. Supuse que aprovechó aquel momento para deslizar la nota en el bolsillo de mi camisa. Probablemente, Simeón se había valido de su fiel bisnieto para hacernos llegar sus misteriosas notas tanto a Erick como a mí.

Sonia ejercía cada vez menos presión sobre la Beretta. Debía estar preparado para cuando se me presentase la ocasión.

—Sonia, tu abuelo está perturbado. Lo sabes tan bien como yo. Puede que a Erick le golpease en un acto impulsivo, pero después acabó con él a sangre fría. Incluso le introdujo una antena de langosta por la cavidad rectal, igual que hacían los antiguos rapanui a todos aquellos que violaban la ley del *tapu*… —El rostro de Sonia se desencajó al escuchar aquella revelación, que casi seguro desconocía—. El asesinato de Simeón fue además completamente premeditado.

—¡Simeón había traicionado al pueblo rapanui! —argumentó Sonia con escasa convicción.

—Hablas por boca de tu abuelo pero… estoy convencido de que no es así como piensas.

Aunque Sonia no se daba cuenta, comenzaba a bajar la guardia. El brazo del arma se había ido poco a poco inclinando con respecto a la vertical de su cuerpo.

—Escúchame, Sonia. Comprendo cómo te sientes. Sin pretenderlo, te has visto envuelta en este siniestro asunto, pero sé que tú no querías que nada de esto sucediera.

Extendí los brazos con las palmas de las manos abiertas para hacerle ver que podía confiar en mí.

—Ahora tienes la oportunidad de acabar con todo esto —sugerí—. Tú no eres una asesina.

Sonia mostraba los primeros signos de desmoronamiento. Sus manos le temblaban de manera acusada y sus ojos dejaban entrever lágrimas de culpabilidad.

—Salgamos de este agujero y compartamos la gloria del descubrimiento —ofrecí—. Te aguarda un brillante futuro en el campo de la arqueología.

Sonia bajó el arma. Parecía sumida en un estado confusión. Yo avancé un paso, luego otro. Ya casi podía alcanzar su pistola. Mi error fue moverme demasiado deprisa. Sonia reaccionó bruscamente y se puso de nuevo a la defensiva. Alzó el arma y me apuntó a la cabeza. En un instante se había vuelto a enfundar aquella máscara de desprecio, bajo cuya protección no dudaba en justificar las abominables acciones de su abuelo y también las suyas propias.

La situación había retornado al punto de partida, excepto que ya habíamos agotado el tema de conversación. Sonia posó su dedo en el gatillo. Le bastaba con descerrajarme un tiro para acabar de una vez para siempre con aquella locura. Ni siquiera mi cadáver constituiría un problema para ella. Nadie me encontraría en aquel rincón perdido del subsuelo de la isla.

—Sonia, no lo hagas —supliqué.

—Lo siento, Germán…

De repente, ambos intuimos, más que ver, el fugaz aleteo de una sombra en la galería de acceso a la cueva. Toda aquella zona estaba sumida en la más absoluta oscuridad. No era nada, desde luego; probablemente la linterna había parpadeado un instante provocando aquel efecto en nuestras retinas. Sin embargo, a mí me dio la oportunidad de cambiar de estrategia.

—Es un *aku-aku* —improvisé—. El guardián de la cueva.

—¡Cállate! —ordenó Sonia—. No insultes mi inteligencia.

Era mi última carta, y estaba obligado a jugarla hasta el final.

—¿De verdad? ¿Qué pensaría tu abuelo si te oyera? Los rapanui de la vieja escuela no albergan la menor duda acerca de su existencia. Los *aku-aku*, aunque en otro plano de la realidad, forman parte de la cultura pascuense tanto como los *moai* o las tablillas *kohau rongo-rongo*.

Acto seguido, aunque en esta ocasión con algo más de nitidez, ambos volvimos a captar de reojo el contorno de una sombra antropomorfa deslizarse a través la negrura. Según la tradición, los *aku-aku* eran seres espectrales de baja estatura, capaces de infligir severos castigos a todos aquellos que violasen su territorio. Pese a su escepticismo, Sonia comenzó a sentir una gran inquietud. Sus raíces rapanui tiraban de ella con la misma determinación que lo hacía la sangre de su abuelo y, dubitativa, me miraba alternativamente a mí y a la galería de acceso a la cueva.

—Sonia, salgamos juntos de la gruta antes de que el *aku-aku* nos haga daño. Si me matas, te quedarás con él a solas y te retendrá para siempre en este lugar maldito.

Sonia parecía un polvorín a punto de estallar. Mis palabras, unidas a las circunstancias del momento, habían sembrado en su ánimo la semilla de la duda. Los nervios la tenían contra las cuerdas. Yo aguardaba el momento oportuno para arrebatarle la pistola. No podía permitirme el lujo de volver a fallar.

—Sonia, tienes el *aku-aku* justo detrás —mentí—. Se te está acercando lentamente.

No era más que un truco para aumentar la presión sobre ella. Sin embargo, el efecto fue el contrario al deseado.

—¡Basta! —gritó desquiciada—. ¡Tú y yo sabemos que los *aku-aku* no existen!

A continuación, Sonia me clavó la mirada y me encañonó. Ahora sí iba a apretar el gatillo. Todo estaba perdido.

Instintivamente, me prepararé para recibir el impacto de la bala que cercenaría mi vida en una fracción de segundo...

En ese instante sucedió un hecho extraordinario que ninguno de los dos podía haber previsto. Ante nuestros ojos se materializó la silueta de un ser de ultratumba que hasta la fecha habría jurado que solo existía en el imaginario del pueblo rapanui. Situado en el umbral de acceso a la cueva, el fantasmagórico *aku-aku* se perfilaba en la oscuridad, un duende de talla pequeña y dos brillantes ojos que centelleaban en la cartilaginosa tiniebla de la gruta, muy alejado de la luz que proyectaba la linterna.

El *aku-aku* se movió entonces hacia donde nos encontrábamos como un rayo en la oscuridad.

Sonia chilló presa del pánico y obedeciendo un acto reflejo se encogió sobre sí misma. Yo, en cambio, seguía más preocupado por la pistola que por el demonio de la cueva, que de pronto parecía haberse desvanecido sin dejar rastro. No me lo pensé dos veces y me abalancé sobre ella mientras tuve la oportunidad.

De entrada, de muy poco me sirvió mi superioridad física para desarmar a mi rival. Sonia opuso resistencia y se aferró a la pistola como si tuviese tenazas en vez de manos. Perdimos el equilibrio y caímos al suelo sobre el lodo seco que cubría las increíbles osamentas. Rodamos unos metros sin dejar de forcejear, en una lucha desesperada por hacernos con la Beretta. Justo entonces, durante la refriega, el arma se disparó de forma accidental.

La detonación retumbó en la cámara como si me hubiese explotado un cohete en el oído. La bala impactó en una esquina y salió rebotada, sin dejar de silbar con furia cada vez que chocaba contra una pared. Sonia y yo escapamos de milagro al proyectil, que había descrito una trayectoria caótica por toda la cueva. El disparo lo acabó encajando, para nuestra sorpresa, el mismísimo *aku-aku*. El espíritu ancestral emitió un lastimoso gemido y a renglón seguido cayó abatido al suelo, donde quedó expuesto por vez primera al foco de luz de la linterna. Descubrir la verdadera identidad del *aku-aku* me dejó sin aliento.

Era Maeva.

Bastó un solo instante para que me olvidase de Sonia, de la pistola y de los formidables huesos de gigantes esparcidos por la estancia. Rápidamente, me arrastré a los pies de Maeva, cuyo rostro se contraía en una conmovedora mueca de terror. Por lo menos estaba consciente.

—Papá —murmuró—, ¿es cierto que te vas?

Sus palabras se me clavaron como un dardo en el corazón. Le pedí que no hablara, pero Maeva se empeñó en no hacerme caso. Al parecer, Hanarahi le había confesado que yo estaba a punto de abandonar la isla, y ella había salido en mi busca para preguntármelo en persona. Al no localizarme en ningún sitio, recordó el contenido de la nota que me había traducido por la mañana durante mi visita a la escuela. Maeva llegó justo a tiempo de ver desaparecer a Sonia por el borde del acantilado, y sin dudarlo la siguió en el descenso hacia la abertura oculta en la pared del farallón.

Cogí la linterna y recorrí con su luz tramo a tramo el cuerpo de Maeva hasta que encontré la herida de bala. La sangre manaba del costado. Evité derrumbarme y taponé la herida con mis propias manos. Los nervios me impedían pensar con claridad.

—Tu camisa —ordenó Sonia.

Ni siquiera me había dado cuenta de que Sonia se había acercado y que ahora estaba a mi lado observando a Maeva con gran consternación. Su mirada decía que había enterrado el hacha de guerra, y que se había desecho también de la máscara tras la cual se había escudado durante los últimos días. De pronto era consciente de que la espiral homicida iniciada por su abuelo podía culminar con la muerte accidental de una niña inocente, y aquello no admitía justificación.

Me quité la camisa a toda velocidad haciendo saltar un botón tras otro. Sonia tomó la prenda y la hizo jirones ante mis ojos, obteniendo varias tiras de diferente longitud. Luego se inclinó sobre Maeva y le vendó la herida. La joven tenía conocimientos de primeros auxilios y daba muestras de saber lo que se hacía.

—Esto detendrá la hemorragia durante algún tiempo —señaló—, pero hay que llevarla cuanto antes al hospital.

Cogí a Maeva en brazos con extrema delicadeza y me abrí paso a través de las sinuosas galerías, mientras Sonia me pisaba los talones alumbrando el camino con la linterna de mano. Los tramos en que los túneles eran amplios no ofrecían ningún problema, pese a lo cual procuraba ir despacio para evitar un tropiezo del que me pudiera arrepentir. Las verdaderas dificultades surgieron en los pasajes estrechos, a través de los cuales solo cabía una persona y de rodillas. En esos casos yo entraba de espaldas y arrastraba lentamente a Maeva tras de mí, mientras Sonia la empujaba por el extremo opuesto.

Admiré el coraje de Maeva, que aguantaba estoicamente el precario traslado a la que la estábamos sometiendo. Sus ocasionales gemidos de dolor me perforaban el alma como las afiladas espinas de una rosa marchita. No obstante, no dejé de alentarla un instante mientras avanzábamos por las inhóspitas galerías de la cueva. No pensaba permitir, bajo ninguna circunstancia, que Maeva muriese entre mis brazos.

Cuando creí que nunca saldríamos de la dichosa gruta, percibí un chorro de luz natural penetrar a través del túnel por el cual nos arrastrábamos. Mientras recorríamos los últimos metros con la máxima cautela, ya podía sentir la dulce brisa marina acariciándome la piel. Salí al exterior y me senté en la estrecha cornisa que asomaba frente a la abertura oculta en el farallón. La paleta de colores había cambiado por completo. El cielo se había teñido de una amalgama de tonos ocres y anaranjados que realzaban el atardecer. No me sorprendí al comprobar que allí el teléfono no tenía cobertura, lo cual me obligaba a emprender la escalada por mi cuenta para ir a buscar ayuda. Sonia impulsó a Maeva desde dentro del conducto para hacerla llegar hasta mí.

Me asusté. El rostro de mi hija estaba pálido como la cera y su harapiento vendaje supuraba sangre en cantidades angustiosas. Posé a Maeva sobre mi pecho y le pedí que me rodease con brazos y piernas.

—Abrázame como si fueras un chimpancé.

Maeva trató de hacer lo que le pedía pero sus fuerzas la habían abandonado. La afiancé lo mejor que pude y me preparé para emprender la ascensión. La cuerda que yo mismo había descolgado por la pared del acantilado se mantenía firmemente atada a la roca. Me aferré a ella e inicié la escalada, apoyando cada pie en los numerosos salientes que brotaban del farallón. Las olas se estrellaban contra los rompientes con más virulencia que antes y me salpicaban de soslayo. Un estruendoso rugido ascendía desde los arrecifes. El viento racheado que se había levantado me dificultaba aún más la tarea. Sonia también había emprendido el ascenso y me seguía con bastante entereza unos pocos metros por debajo de mí.

Tras cubrir un largo trecho de escalada, decidí hacer una pausa en una sólida cornisa de cierta amplitud. Tenía las manos destrozadas y necesitaba recobrar el aliento.

—Ya queda poco, Maeva —le susurré al oído.

Recibí su débil respiración por toda respuesta. Su sangre, además, me empapaba la piel tras haber traspasado las vendas.

En ese instante sentí que no estábamos solos en aquel sitio. Levanté la cabeza y vi a un individuo observándonos desde el borde del acantilado. De repente, un escalofrío me recorrió la espina dorsal y todas mis esperanzas se desvanecieron por completo. Era el abuelo de Sonia. Tulio vestía de nuevo a la manera de los antiguos rapanui, aunque esta vez no ocultaba su rostro bajo una elaborada capa de pintura. Nuestros ojos se encontraron en la lejanía. Tulio poseía la mirada de un fanático devorado por la inquina, capaz de llegar hasta donde fuese por defender sus ideales.

El abuelo de Sonia se agachó y desató la cuerda, que se precipitó al fondo del acantilado. Ya no había dudas posibles: Tulio nunca me permitiría alcanzar la cima del farallón. Respiré hondo. Si seguía adelante, sabía lo que me esperaba arriba. Pero quedarme de brazos cruzados era aún peor. Maeva necesitaba atención médica urgente o, de lo contrario, moriría.

Obligado a continuar, afronté el último tramo sin ayuda de la cuerda. El peso de Maeva limitaba mis movimientos, pero de un modo u otro me las arreglaba para progresar. El menor de los salientes se convertía en un refugio vital, y mis dedos se aferraban a cada asidero como si fuesen garfios. A dos metros de la cima, a punto de alcanzar la meta y enfrentarme a Tulio cara a cara, hice un alto para analizar la situación.

Miré hacia arriba. Tulio aguardaba pacientemente el momento para deshacerse de mí. Su rictus permanecía inalterable, no mostraba ningún signo de emoción. Abajo, Sonia se tomaba un descanso sobre la misma cornisa que yo había ocupado escasos minutos antes. Fue entonces cuando reparó en la presencia de su abuelo asomado al acantilado. Ambos cruzaron sus miradas por vez primera y el hierático rostro de Tulio experimentó una ligera transformación.

Sonia se apartó el pelo que le azotaba la cara y se dirigió a su abuelo con increíble determinación, alzando la voz para hacerse oír por encima del fragor de las olas. Tulio, incapaz de ocultar su sorpresa, abrió los ojos de forma exagerada. Su nieta parecía haber cambiado de bando y ahora se atrevía a cuestionar su autoridad. No obstante, el viejo no se arredró y le replicó con igual o mayor énfasis si cabía. Mi problema era que no les podía entender: hablaban en idioma rapanui.

Pensé en pedirle a Maeva que me tradujera, pero entonces me di cuenta de que había perdido la consciencia. El punto de no retorno estaba cada vez más cerca y yo comenzaba a desesperarme.

Abuelo y nieta iniciaron un cruce dialéctico en el que el primero se empeñaba en imponer su jerarquía. Aunque no comprendía nada de lo que decían, por el cariz de sus intervenciones me podía imaginar el contenido del debate. Las palabras iban y venían, y los argumentos y reproches se sucedían en una discusión sin dueño. Sonia no se dejaba intimidar e intentaba por todos los medios hacer entrar en razón a su abuelo. Lágrimas de desesperación le caían por las mejillas mientras trataba de convencerle de que había llegado la hora de poner fin a aquella injustificable ola de asesinatos.

Yo opté por mantenerme al margen, en el papel de mero espectador, mientras soportaba como podía el peso de Maeva.

Finalmente, pasados unos interminables minutos, la expresión en el rostro de Tulio se aquietó, señal inequívoca de que Sonia había ganado la batalla. Su mirada incluso dejó entrever un rastro de culpa, hasta el momento completamente inédito en él. Quise ver en aquel avance un atisbo de esperanza, aunque insuficiente aún como para atreverme a culminar la escalada y quedar a merced del viejo. Todavía no sabía lo que podía pasar por su cabeza.

A continuación se hizo el silencio. Parecía que entre abuelo y nieta ya estaba todo dicho. Busqué a Sonia con la mirada, pero ella aún tenía la vista clavada en su abuelo. Tulio pronunció entonces unas palabras dirigidas a su nieta, cargadas de una extraordinaria calidez:

—*Hangarahi au koe e vovo e.*

Aquello sí que lo entendí. Me lo había enseñado Maeva. Significaba «te quiero» en rapanui.

Tulio se incorporó y miró entonces hacia el horizonte durante apenas unos segundos. Luego cerró los ojos y puso los brazos en cruz.

Sonia emitió un grito desgarrador que resonó por el acantilado como el trueno que precede a la tormenta. Un instante después, su abuelo se arrojó al vacío y su cuerpo me pasó rozando en su trayectoria hacia el abismo de los arrecifes.

La pesadilla había tocado a su fin.

Libre de obstáculos, afiancé a Maeva en mi pecho y encaré los últimos metros que me separaban de lo alto del farallón. El desconsolado llanto de Sonia llegaba hasta mis oídos, pero yo no tenía tiempo que perder. Gané la cima y deposité unos instantes a Maeva en el suelo, mientras recuperaba la vertical y suspiraba aliviado tras haber dejado atrás la durísima ascensión. Luego volví a tomar a mi hija en brazos y me quedé sobrecogido: parecía que su respiración la había abandonado. Rápidamente comprobé el precario vendaje, y vi que apenas podía ya contener la sangre que manaba de la herida.

Por un momento pensé que había llegado tarde.

Maeva separó entonces los párpados y esbozó una sonrisa, que en aquel instante me pareció la más hermosa que había presenciado en toda mi vida. Mi hija era más fuerte de lo que yo creía y estaba dispuesta a demostrarlo.

Con Maeva en brazos eché a trotar hacia el yacimiento arqueológico, desde donde sabía que el móvil tendría cobertura. Entonces los servicios médicos no tardarían en aparecer y se harían cargo de Maeva; muy pronto su vida dejaría de estar en peligro. Le regalé mi mejor sonrisa y, sin dejar de correr, juré no separarme de su lado hasta que no se hubiese recuperado del todo.

Más tarde prestaría declaración ante el comisario Villegas para relatarle los hechos de que había sido testigo. Mi testimonio, junto con el de Sonia, que ya no tenía ninguna razón para seguir protegiendo a su abuelo, ayudarían a esclarecer lo ocurrido.

Y ya después, cuando todo hubiera pasado, habría tiempo de acometer el estudio del hallazgo antropológico más importante de los últimos cien años…

NOTA DE AUTOR

Tras las numerosas y reiteradas protestas llevadas a cabo por el pueblo rapanui con motivo de la ocupación de sus tierras ancestrales, el gobierno chileno se avino a colaborar y estableció una mesa de trabajo para tratar de resolver el conflicto, procediendo a estudiar individualmente cada caso.

A raíz de dicha comisión, muchas familias recibieron en 2011 sus cartas de radicación, en virtud de las cuales sus antiguas propiedades les fueron restituidas. Tal cosa no sucedió con el clan Hito, que aún mantiene la pugna por recuperar las tierras donde actualmente se ubica el hotel Hanga Roa. Tras el último fallo en contra, el clan Hito está preparando, como último recurso, una demanda contra el estado de Chile ante la Corte Internacional de Justicia de La Haya.

Actualmente, la escritura *rongo-rongo* permanece aún sin descifrar. Durante más de un siglo los mejores especialistas del mundo han acometido su análisis y estudio, sin que hasta la fecha se haya podido obtener ningún resultado, ni siquiera a través del uso de los modernos computadores.

No obstante, allá por el año 1932, el paleógrafo húngaro Guillermo de Hevesy realizó un descubrimiento sensacional: una importante cantidad de signos *rongo-rongo* guardaban una extraordinaria semejanza con los caracteres de otro antiguo sistema de escritura aún por descifrar, perteneciente a una antigua civilización del valle del Indo que floreció en torno al 2700 a. C. La arqueología oficial —afectada invariablemente por una excesiva estrechez de miras— ha descartado siempre esta línea de investigación, debido al abismo tanto geográfico como temporal que separa ambas culturas, relegando las singulares semejanzas al terreno de lo anecdótico.

En la altiplanicie boliviana, a cuatro mil metros de altitud, se encuentran las imponentes ruinas megalíticas de Puma Punku, las cuales forman parte del complejo monumental de Tiahuanaco. Puma Punku consta de una serie de bloques de piedra de colosal tamaño, algunos de hasta siete metros de altura y superiores a las cien toneladas de peso, que hoy yacen esparcidos por el suelo como si hubiesen sido víctimas de algún tipo de cataclismo. Dichos monolitos fueron, además, tallados y cortados con increíble precisión, pese al extraordinario grado de dureza de la roca — diorita—. Asimismo, la cantera más cercana se halla a diez kilómetros de distancia, lo cual no hace sino acrecentar el misterio. ¿De qué forma se las arregló un pueblo de la Edad de Piedra para desplazar estos bloques que pesaban varias toneladas, y cómo fueron capaces de formar una estructura con ellos?

Cuando los españoles descubrieron el lugar hace quinientos años, el cronista Pedro Cieza de León se quedó maravillado, incapaz de comprender cómo los hombres pudieron haber movido y trabajado semejantes bloques de piedra. Al preguntar a los nativos, estos le dijeron que aquellos edificios habían estado allí desde mucho antes del tiempo de los incas, y que nadie vivo había conocido nunca aquel maravilloso sitio como otra cosa que ruinas. Un siglo después, Antonio de Castro y del Castillo, obispo de La Paz en 1651, escribió: *Aunque alguna vez se pensó que las ruinas habían sido obra de los incas, construidas como fortalezas para sus guerras, ahora está claro que son, de hecho, de origen antediluviano, pues ni siquiera los españoles podrían haber sido capaces de crear monumentos tan extraordinarios y memorables...*

Determinar la antigüedad del complejo de Puma Punku ha suscitado un amplio debate desde que comenzó a ser objeto de estudio por parte de los especialistas. Aunque la corriente más conservadora establece una horquilla situada entre el 400 a. C. y el 500 d. C., recientes excavaciones han demostrado que la arcilla y la grava del complejo Puma Punku datan directamente de sedimentos del Pleistoceno. Arthur Posnansky, el arqueólogo que más tiempo dedicó al estudio de las ruinas durante el siglo XX, les adjudicó una edad mínima de 10.000 años.

Lo cierto es que todavía no sabemos quiénes fueron los autores del complejo, ni cómo ni cuándo se llevó a cabo. Hoy en día, de hecho, Puma Punku permanece como una de las ruinas arqueológicas más enigmáticas de cuantas existen en el continente americano.

Según una vieja leyenda inca, aquellas ciclópeas construcciones fueron levantadas en tiempos remotos por una raza de hombres de gran altura, de piel blanca y cabello pelirrojo, que vivieron mucho tiempo antes del advenimiento del imperio incaico. La leyenda prosigue diciendo que aquel misterioso pueblo fue aniquilado en una batalla, salvo por un grupo de supervivientes que lograron escapar hacia las costas del Pacífico, desde donde embarcaron rumbo a Poniente a través del océano infinito, sin que nunca más se volviese a saber de ellos...

AGRADECIMIENTOS

A toda mi familia y amigos por su inestimable apoyo.

A mis colaboradores: Mónica, mi correctora de estilo, por ayudarme a poner las comas en su sitio (y muchas otras cosas más). Juanlu, virtuoso creador de portadas, por ilustrar el alma de mis escritos. Y mi hermano Luis y mi tío Vicente por sus excelentes dibujos.

También a mi equipo de confianza: Domingo, Pablo "Brother", Juanlu y Lorenzo. Ellos son los lectores de mis manuscritos en bruto, y sus valiosos consejos contribuyen a encauzar la novela por el camino correcto.

OTRAS OBRAS DEL AUTOR

LA FRAGILIDAD DEL CRISANTEMO

"Un extraordinario viaje al Japón clásico repleto de intriga, emociones y personajes inolvidables"

A la venta en todas las librerías de España. También disponible en formato ebook.

OTRAS OBRAS DEL AUTOR

LA ESPERANZA DEL TÍBET

"Una historia conmovedora,
cargada de misticismo y enseñanzas,
que te enganchará
hasta la última página"

EL ÚLTIMO ANASAZI

"Vive una extraordinaria aventura
e imprégnate del sabio legado que
los antiguos nativos americanos
dejaron tras de sí"

BAJO EL CIELO DE LOS CELTAS

"Descubre la fascinante cultura celta
a través de una trepidante
novela cargada de acción,
suspense y pasiones encendidas"

OTRAS OBRAS DEL AUTOR

EL LABERINTO DEL HINDÚ

"Adéntrate en la antigua India,
en una historia repleta de aventuras
e intrigas palaciegas"

EL SUEÑO DE CRETA

"Amor, intriga y mitología
confluyen en la presente novela,
situada en el marco histórico de
la espléndida civilización minoica"

CORAZÓN ESQUIMAL

"Viaja a la Groenlandia del
siglo XIV y descubre el modo
de vida de una comunidad esquimal
y su lucha por la supervivencia."

Made in the USA
Columbia, SC
04 June 2022

61329424R00129